中国当代文学名家精品集

柴门风雪

宋长征 著

成都地图出版社
CHENGDU DITU CHUBANSHE

图书在版编目（CIP）数据

柴门风雪 / 宋长征著 . -- 成都 : 成都地图出版社
有限公司 , 2025. 6. -- （中国当代文学名家精品集）.
ISBN 978-7-5557-2849-8

Ⅰ. I267

中国国家版本馆 CIP 数据核字第 2025MT5339 号

中国当代文学名家精品集：柴门风雪

ZHONGGUO DANGDAI WENXUE MINGJIA JINGPIN JI: CHAIMEN FENGXUE

著　　者：宋长征
责任编辑：沈　蓉
封面设计：李　超

出版发行：成都地图出版社有限公司
地　　址：四川省成都市龙泉驿区建设路 2 号
邮政编码：610100

印　　刷：三河市人民印务有限公司
（如发现印装质量问题，影响阅读，请与印刷厂商联系调换）

开　　本：710mm×1000mm　1/16
印　　张：13　　　　　　　字　　数：200 千字
版　　次：2025 年 6 月第 1 版
印　　次：2025 年 6 月第 1 次印刷
书　　号：ISBN 978-7-5557-2849-8

定　　价：68.00 元

出版说明

2023 年春，教育部等八部门印发《全国青少年学生读书行动实施方案》。随后，122 家国家语言文字推广基地共同发出"典耀中华"主题读书行动倡议。一些具有文化情怀的出版社和文化公司，立即响应，策划各种适合青少年阅读的图书，《中国当代文学名家精品集》书系应运而生。

《中国当代文学名家精品集》书系由北京世图文轩文化发展有限公司（下称"世图文轩"）策划，由成都地图出版社出版。我非常荣幸地受邀担任主编。

世图文轩成立于 2010 年，系北京市内乃至全国较有影响力的图书发行公司之一，曾获得"重合同守信用企业""诚信经营示范单位"等荣誉称号。长期以来，世图文轩和众多出版社就优质图书出版进行合作，获得了合作伙伴的一致好评。在"典耀中华"主题读书行动中，他们敏锐地抓住机遇，迅速策划主要以初、高中生为读者对象的大型书系选题，显现出他们的眼光、魄力与胸怀，以及对于文化市场的拓展理想。我相信，这样一家致力于图书策划、出版的公司，其品牌信誉是毋庸置疑的。

为成长中的青少年读者集中呈现名家优秀作品，是一件虽然困难，却功在当代、利在未来的大好事，我能参与其中，与有荣焉。我必须以一种高度的使命感、责任感以及担当精神来做好这个书系，成就这件大好事。

令人特别感动的是，刚开始组稿时，刘成章、王宗仁、陈慧瑛、韩小蕙、王剑冰、李青松、沈念等老师就对这个书系表现出极大的支持和信任，并在第一时间提供了书稿以示鼓励。很快，几乎所有得知此书系的作家都认为这是在为作家、为"典耀中华"主题读书行动做一件好事、大事。由此，我和我的临时编辑室成员获得了极大的信心，热情也更加高涨，此后连续十个月，我们整个身心都扑在了这件事上。

一个人只要用心做事，人们是会感受到的，也会默默地予以支持。事实上也是如此。随着组稿工作的开展，我们和作家们的沟通日益频繁，我们发现，他们除了都表现出对这个书系的兴趣与认可，对当代散文创作的发展、繁荣的前景，还有一种共同的期待与信心。这对我们无疑是一种更为巨大的鼓舞与动力。

组稿虽然也费了不少周折，但总体上比想象中顺利得多。当然，非常遗憾的是，一部分作者由于手头书稿版权等原因，未能加盟到这个书系。

组稿只是我们工作的一部分，更为具体、更为烦琐的，是审稿事务，它出乎意料的繁重，也占据了我们比预想的多得多的时间和精力。偶尔，我们也有点儿想放弃了，但是，想着这是一件功德无量的事，又兀自笑笑，继续埋头苦干。在这个过程中，感谢师友们对我们工作的配合、理解、支持与信任。

静下心来，切实感受审读、编辑工作的价值和意义。

书系里，名家荟萃，佳作如林。有的，曾代表过一种新的创作范式；有的，曾开启过一种创作方向；有的，对某一题材开掘出更深更独特的思想；有的，有引领某类题材与风格的新面貌；等等。毫不夸张地说，散文多角度多样式的表达，在这个书系里应有尽有，全景式、全方位地呈现出中国散文几十年的创作成果，是当代散文创作的一个缩影。

总体上，无论是题材、创作方法，还是思想容量，此书系都呈现了散文广阔的视野，让我们感受到散文天地的无垠无际。

具体来说，以下几个特点特别明显：

一、作者队伍可谓老中青完美结合。入选作者的年龄跨度最大达半个多世纪，上有鲐背之年的高龄名将，他们文学生命之树长青，宝刀不老，象征着老一辈散文家依然苍翠的文学生命力；最年轻的三十出头，他们雏凤声高，彰显散文创作的新生力量蓬勃兴旺的景象；一大批中壮年作家，是当代散文创作领域里当之无愧的中坚基石，他们的创作正处于繁花似锦的鼎盛时期，实力毕现。

二、题材多元多样，内容丰富多彩。书系中，既有涉及上下五千年历史的洒脱智慧的历史文化散文，又有让人惊艳的初次涉猎的新颖、独特题材。有人写亲情，有人写风景。有些人写自己的童年，让我们看到其成长时代；有些人写一个城市或一条河流的前世今生；有些人写自己对故乡的记忆，从更有新意的视角表现这个时代的巨变；有些人集中了自己几十年的写作精品，让我们看到他们的创作道路上的足迹；有些人专注于一个主题，开掘深挖，独具魅力；有些人关注时代、关注身边的人和事；有些人剖析自己的内心情感……总之，反映中华传统文化、红色文化和当代自然文学精粹的作品，在此书系里比比皆是，或温暖动人，或鼓舞人心。

三、风格百花齐放，个性特点鲜明。几十部作品，有的侧重写实，有的侧重抒情，有的注重开掘思想，有的追求内容唯美，有的描写细致入微，有的叙述天马行空……表现方式千姿百态。但无论哪种风格，无论如何表达，皆个性鲜明，情感饱满，呈现出思想性、艺术性、可读性兼备的特质，读者可以从中获得不同程度的启发，感受到散文的魅力。

四、女性作者跳出了人们对"女性散文"固有的观念。书系中占有一定比例的女性作者，她们的作品虽然仍保留细腻敏感的特色，但大都呈现出大气开阔、通透有力的格局。她们温柔而现代的行文表达，对读者来说有着更为别致的情感体验和人生借鉴意义。

总之，这个书系，将是我们打造阅读品牌的开端。如果你愿意静下心来阅读，你一定会有所收获。

习近平总书记在文艺工作座谈会上讲话时指出："优秀文艺作品反映着一个国家、一个民族的文化创造能力和水平。吸引、引导、启迪人们必须有好的作品，推动中华文化走出去也必须有好的作品。"我们希望，这个书系能成为读者眼里"正能量、有感染力，能够温润心灵、启迪心智，传得开、留得下，为人民群众所喜爱"的"优秀作品"。

在此，特别感谢沈俊峰、陈晨两位搭档的通力协作，我的编辑朋友梁芳、胡玉枝的倾力相助，以及世图文轩、成都地图出版社上上下下推进此书系出版的所有领导与师友的大力支持和耐心细致的工作。他们让我感受到了团队的力量。同时，也特别感谢出版方将我和我的搭档的作品纳入此书系，我们把此举视为对我们的"嘉奖"。

上述文字，不敢称"序"，不敢称"前言"，甚至不敢称"出版说明"，仅表达此书系的缘起和一些组稿、审读的感受，也许过于肤浅，还望广大作者、读者海涵。

《中国当代文学名家精品集》主编

目录

第一辑　钝词：拥紧，用生命温暖
　　　　那些生锈的词语

第二辑　乡土：每一滴血，每一滴泪，
　　　　养育远行的孩子

第三辑　时光：节气，一株庄稼丈量
　　　　黑夜的方式

第四辑　稼穑：母亲，你用草的词汇
　　　　　 向我诠释血地

—— 第一辑 钝词：——

拥紧，用生命温暖那些生锈的词语

柴门风雪

　　柴门在记忆之门的门外，轻轻打开，浮现出温暖的面容，窄窄的门框，薄薄的木板，透过去能看见岁月深处的模糊与清晰。我相信，只要有家的地方都会有单薄的柴门，你看不见它的孤单与落寞，而远去的无奈也只在眼神与心灵交互的刹那，一股暖流瞬间流遍了全身。柴门不说话，敞开或闭合，沉静地面对天空与大地，朝向一座温暖的老屋，朝向老屋里摇曳的灯光和即将远行的旅人。

　　每一个旅人在即将远行的时刻，都免不了和柴门轻轻握别，童年的气息，母亲的气息，柴门之里的菜蔬瓜果与烟火的气息，都将渐行渐远。天，晨曦微露，星，黯淡了光辉，人生的长路在远方铺展，徘徊或踟蹰，留恋或珍藏，柴门总是在深情地守候。

　　与柴门相守的人，是一生勤劳的农人。鸡鸣犬吠的召唤，打开漫天霞光；或者，仅仅是我们的父亲母亲，用一围低矮的土墙、一座风雨飘摇的老屋和一扇单薄的柴门，就围困了自己漫长的一生。儿女在长大，在长高，在把目光投向柴门之外的时刻，他们的心头微微震颤，知道这低矮的围墙、单薄的柴门将不是所有能与之终老的时光。风云际会，河汉浩渺，或许远方有着父亲母亲终其一生也不能参悟的深刻与烦琐。但乡村的路终究是简朴的、单纯的，我们的父亲母亲从来不屑打听，包括草，包括庄稼，包括村子里那些鸡飞狗跳的所有的事物，总以为成长是一件再也自然不过的事情。蓦然回首，风霜落满了鬓发。

　　乡村老了，操劳一生的父亲或母亲手把着柴门远眺，他们单薄的身影像极了柴门老朽的模样。断了一截的门框，在风中摇摆的木板，苍凉的吱呀声像一把尖利的锯子，划破暗夜的帷幕。

　　若是在久远的年代，是不是也会有一个落寞的征人，刚刚从战鼓厮杀声中苏醒，遥望故乡所在的方向？朔风凛冽，冰雪刺骨——一扇柴门竟成了无边却奢望的温暖。那封写给家乡的信呢，是否还在驿站停留？那沾着体温寄给妻子的手帕呢，是否依旧在夜色中跳动着爱的火焰？

　　柴门，等待的柴门。有离别时隐隐的疼痛，有眺望时的无限落寞与感伤。只是，童年的重逢呢——大地深处那一扇柴门的吱呀声响了很多年，始终未见生动的面孔消逝。

　　我家也曾有一扇破旧的柴门，是父亲用刺槐和梧桐的木板拼凑而成的，门口向东，迎接着春风与朝阳。我静静地守望在柴门旁边，知道从柴门中出去的父亲母亲无论什么时候都会从柴门中进来，拍打下乡野的风尘，把夜色关在门外。偶尔，归来的脚步直到很晚才会响起，水一样的月光流泻在乡村的上空，岁月寂静而安详。你知道，作为孩子的我们有时也很有耐心，知道有一份专属于自己的爱从来不会走远，贫瘠的月光下，也能开放静美的花朵，像一只忠诚的小狗，总能盼来母亲温暖的目光。转回头，甚至忘记了关上那扇薄薄的柴门。

　　走，梦想有多远，路就有多远，一个离家多年的人有时会忘记自己的来路。风不会提醒，雨不会提醒，只有在你孤单寂寞的时候，才会记起在一个朦胧的清晨，你曾来自乡村的那扇柴门。呵！你记起来了，是正月初几还是二十几，走的时候雪还在下，老屋里摇曳的灯光一夜未眠，千层底的布鞋，万层暖的棉衣，整齐叠放在你即将远去的行囊里。父亲点燃一锅烟，母亲沉默不语，只在手抚柴门的刹那，嗫嚅着，欲言又止，她本来想说"早些回来"还是"在外边照顾好自己"？或者什么也不想说，此后的每天每夜，把想念记挂在了一扇单薄的柴门上，等你。

　　一扇柴门就是一个渡口，渡船的人老了，船老了桨，老不了岁月的清波暖流，此岸是家，彼岸是你，在时间的洪流里，我们打捞着希望与叹息。想家么？想，奔波的你、忙碌的你是否在深夜就开始打点行装，把心装下，把爱装进心里，把千层万卷的思念，一一叠好。回家。

　　窗外飘着雪花，是啊，每一片雪花都是纯洁的表达，写满爱的叮咛与牵挂，写满童年与乡村，写满人生旅途上所有关于柴门的模糊与清晰。当一个风雪夜归人吧，就如你离开家时的那般场景——父亲点燃一锅烟，母亲手把着柴门，将浓浓的爱与幸福，悉数收纳。

　　一任柴门之外，风雪连天，最暖不过是一个有家的人。

想 起 陶

想起陶，就想起了乡村，想起那些朴拙的面孔，温厚，柔软，粗糙，却有着细密的纹理，自心间轻轻流淌。陶是怎样走来的，或许，哪一个祖先想帮易逝的光阴，找到一个盛放的器皿；或许，为了把食物的温暖，及时送给在田埂上劳作的亲人。在远古的暮色下，他苦思冥想，把脚边的泥土抟了又抟，然后狠狠地摔在地上——架炉，生火，祈祷火神，终于在一个烟青色的黄昏，含泪将陶捧出。陶，承载了多少岁月沧桑，见证过几许悲喜哀乐。在生命的版图上，你找不到一个没有陶的村庄，暗红，或深褐色的质地，一点也不精美，一点也不华丽，甚至看上去如一个庄稼人那般笨拙，却安放着乡村的海与河。简单的乡村，质朴的炊烟，没有了陶，怎么会有那么多的烟火日月？父亲在老场上碾麦，在老河滩上赶着他忠诚的老牛耕耘土地，母亲把食物装进陶里，就装下了一生的温暖，还有她全部的青春年华。夕阳下，田埂上，父亲一边剔着牙，一边笑看母亲的脸——这一望咋就过了那么多年？一个崭新的陶罐老了，它钟爱一生的女人老了；甚至那头老牛，也眼神浑浊，哞声悠远而苍凉。

装在陶里的日子也那样短暂，泥土经过了燃烧，土陶经过了日月的浸润，这乡下的日子还是一晃一天。日升了，月落了，村前小河里的水几涨几落，一个人的一生就躲进了陶里。被封存，被储藏，会不会也在某天，复而化为泥土，再次融进一片乡土的灵魂？

　　我是从陶里走来的，那陶片上简单的图案，曾经是我鲜活生动的祖先。土地那么大，又那么小，春夏秋冬，只一蜷，就缩回了陶里。乡下的母亲善于腌渍，把水灵灵的菜，把白生生的鸡蛋鸭蛋，在某个晴天的午后，撒一把生命的盐，虔诚地封存，这日子就有了延续的热能。我在旁边看，看一大堆青青的菜蔬一闪身就躲进了陶里，陶土的骨骼也觉得那样温暖；看着那些白生生的鸡蛋鸭蛋，过了没几天被母亲煮熟了，剖开，金灿灿的蛋黄流光溢彩，恰似漫天的云霞；很多次放学后，我踮着脚尖，用脏兮兮的小手，探进放在高处的陶罐，一声脆响，破碎的陶片、仅有的些许砂糖洒落一地——母亲还笑吟吟地站在一旁，看着泪光盈盈少不更事的我……

　　陶走得很累，从漫长的时光星河里走来，温暖着简单的乡村，战火与硝烟，困苦与劫难，易碎，却依旧从容。少年时，常听得一声声锢锅补碗的吆喝声，踏着乡村的暮色而来，肯定是老铜匠背着一张弓弦走进了村里。锢。补。分崩离析的岁月也一样可以缝补。你看他小心翼翼地戴上老花镜，把脚放平，把腿放稳，把破碎的陶的器皿夹在腿间，哧啦，哧啦，拉着古朴的琴声。以至于到了后来，当我一不小心打碎了家什，就会自告奋勇地站在母亲面前说："拿来，我去补。"在乡下，母亲是宽容的，就像对待她的庄稼，就像对待她亲手侍弄的那些活物。陶，你发现没有——圆圆的口径，厚厚的底儿，中间一直圆圆鼓鼓。我想那是母亲才有的胸怀吧，把苦难和风雨咽在肚子里，把亲切与宽容慈祥地呈现，让每一个乡村的儿女都在土陶一样质朴的温暖里成长。而她，在漫长岁月的某天，悄然破碎，甚至找不到一点可供回忆的残片。

　　陶，不争辩，在辉煌的宫殿里你看不见陶的影子，青铜的，镏金的，千年温玉的高贵与典雅在宫闱里穿梭。陶只属于民间，属于乡村，属于一个手捧陶罐匆匆赶往河边的女子，她脚步匆匆，是去浣洗衣衫，还是去盛一灌清凌凌的河水，然后洗涤那如黛的青丝？或者只是为了在河边看一看自己俏丽的容颜，怕明月送归的人发现些许的憔悴？女人的村庄，母亲的村庄，一生辛劳的母亲怎么可以离开与陶相伴的光阴？

　　轻柔的月光下，母亲燃起一盏灯，小小的陶盏里有一根棉质的灯芯。手中的纺车嘎吱转起来了，手中的梭子咔嗒咔嗒在织布机上穿梭；或者左手鞋底，右手针线，把针尖在鬓发间轻轻一抹，飞针走线着乡村的光阴。那次回家，我又看见那只小小的陶盏，在角落里，落满了尘埃，青色的釉，小小的口，心头却流溢出一种别样的温暖。我不知道，到底有多少母亲在这样的陶盏下熬白了头发，熬老了岁月，当她们蹒跚走过朴质的乡村小路，会不会还能遥望到一处远方的灯火，甚至，还有一个人美丽的青春？

　　金木水火土，陶是乡间的土著。每一个陶都有自己的来路，或河滩，或沟渠，或来自一抔远古的泥土，那上面还残留着祖先的味道。手是生在乡间的手，也只有土生土长的手掌，才能把陶的岁月抟转得那样流畅。孤单了吧，贫穷了吧，或者太过简朴，都不说，把易散的光阴凝聚在一起，放进一座时间的熔炉，土就坚硬了，釉就润滑了，即使通体透着原始与单纯，也预示着将要包容下乡村的冷暖之河。我相信，每一个烧陶人都是虔诚的，只有将血液与灵魂在烈焰中烧灼，才能修得完整的身心，不贪图什么，只求平安、团圆和一些小小的幸福之果。

　　不是我又想起了陶，当陶突然于某夜走失，我看见母亲眼中的落寞。陶走了，她的青春，被陶封存的青春会不会一样消失？往后，她装在陶里的那些冷冷暖暖的日子，小河边浣洗的那些衣衫，她曾经如花的容颜，将寄身何处？或者，陶根本就不懂。一个人从远古的岁月中孤单上路，见惯了太多的风雨沧桑，世事轮转，该来的来，该走的走，当某天的清晨被隆隆作响的机器从深埋着的地下，挖掘出来，然后在灼热的阳光下被人抚摸、称赞。

　　——这时候，会不会有人想起陶？

囤里春秋

在乡村，谁家没有一围老囤：或是田间沟渠里挖来的泥土，几块砖，圆圆地一绕，就圈住了村庄的春秋；或是一张长长的竹席，细密的竹篾，左插右插，细密如母亲的针脚，紧紧拥抱着那些亲亲的粮食，温暖而有了依靠。一围老囤，不像村口的老井那般深不可测，也没有那么多倒映月光的波光晶莹，老囤不声不响地靠在土墙一角，躲在岁月的深处，却时时紧牵着庄稼人的神经。老囤满了，每个人的脸上都笑意盈盈；老囤瘪了，哪一家不哭丧着面孔？这青青黄黄的日月，全靠着一围老囤呢，风雨同舟，飘摇在这泥土的海洋里。

老囤是乡间最大的器皿。不像碗，直接享受着烟火的温暖；也不像不大不小的陶罐，盛来盛去，都是酸酸咸咸，甚至有些发霉的日子；更不像一口老牛面前的食槽，深深浅浅，有了黄黄的麦秸和青青的野草，就能有滋有味地嚼半天。老囤的肚子在秋天开始饱满，那些行走的庄稼们摇身一变成了粮食，被风吹净，被太阳晒干，然后被丢进嘴里，嘎嘣一咬说："嗯，干了九成九，可以装囤了。"囤是在秋后的某个晴天打扫干净的，把旮儿里的虫屎扫尽，把老鼠咬开的洞口填死，把一张新崭崭的塑料纸铺在暄腾腾的干草上面，喊几个有力气的装下新打的粮食。人吧，都是越吃越饱，老囤的肚子却一天比一天扁，当初吃下那么多粮食，却要面对乡村这一年到头河一样长的日子。有会过日子的，薅点田间地头的野草也能糊弄一回肚皮，再不就焯了一大锅地瓜，猪吃，羊吃，人也胡乱塞饱了肚皮。所以到了来年青黄不接的时候，看看自家的囤里，还有那么一些粮食，夜里睡觉就踏实了许多。有不会过日子的，眼看着打了那么多粮食，好像就有了一座挖不完的金山，村口来了换稀罕物件的，忙忙扛了半口袋粮食，说什么也要尝尝鲜。一次，两次，过年了，借了半瓢面算是吃了过年的饺子，眼前那么长一段青黄不接的日子，该如何打算？

老囤不简单，盛下天，盛下地，装着乡下人那么多冷冷暖暖的日子；老囤最简单，一加一等于几，老囤一生下来就会算。老囤是老了，却一直透着一股子福气，"五谷丰登"几个大字还贴在上面。

满仓，满囤，老哥俩儿像往常一样靠在墙根下晒太阳。满仓递给满囤一把烟叶和一张白莲纸，说今年的粮食装得溜溜尖。满囤张着没牙的嘴吐了一口烟圈，说："是啊，风调雨顺哩，咱老百姓盼的不就是这一天？"寂静的乡村上空，云飘过，太阳东升西落，一盏明月缺了又圆，圆了又缺，圆满着简单的轮回。是日子就有盈亏吧，你看乡村从很远很远的地方走来，走过破败与沦陷，也走过绝望与痛楚，还是走到了今天，土地永在，村庄永存，哪怕只剩下一小片自由的泥土，种子的灵魂就会生根发芽。在春天破土，于夏日拔节，在秋风飒爽的季节，把收成挂满枝头，让农人们单纯地微笑，满足而幸福。

我有些时光该是在高高的围囤里度过的吧，模糊的记忆中，母亲将我放在里面，去操持家务。粮食认识我，我不认识粮食，我一次次在粮食的波涛中站稳脚跟，又被摔倒在数不清的粮食里，鼻孔里，嘴巴里，到处都是粮食的气息。哭累了喊累了的我在粮食里沉沉睡去，醒来时却发现在母亲温暖的怀抱里。

在乡下，你可以不认识一个走南闯北的小贩，但绝对不能忽略一围老囤的存在。母亲的血汗，父亲的血汗，祖先的血汗，被简化成一种实实在在的形状，缺了，满了，哭了，笑了，哪一天不和老囤息息相关？或许，长大的你终于走出泥土的牵绊，再不用日出而作日落而息地在泥土里刨食，你的信息是现代化的，你的衣着是最时尚的，甚至连你的居室，都找不到任何一种粮食，你会不会以为，人的一生，或许离了老囤一样可以潇洒？但你错了，你是一个有血有肉的家伙，不具备肉食动物强大的消化能力，你的血液需要植物蛋白的填充，你的肉体需要绿色庄稼的能量，甚至你的某一件华美无比的睡衣，也来自某一种植物的纤维。

——即便生活得再怎么富丽堂皇，你能离开一围老囤里封存的粮食？

上帝关上一扇门时，会打开一扇窗。透过乡村单薄的月色，我看见时光深处的一围老囤，没有锦绣的蕾丝花边，没有钢筋水泥的拒绝与冰冷，那是储藏火焰与热能的地方。我们来自远古的某个地方，学会了书写与思考，学会了优雅与尊贵，也学会了傲慢与偏见。但是，你看老囤是多么真诚，吃进去多少，就吐出来多少，只为温饱着我们自私的灵魂。

我知道，我们真正走到了十字路口，当土地上不再盛开欲望的花朵，很多人便躲在暗处预谋着罪恶。或许，明天那里将是高楼林立；或许，明天的明天，那里将是仅供某些人娱乐的豪华场所；或许，不远的将来，那里，那里，还有那里都成了一块块炙手可热的地皮。

——地皮，一个多么贫乏的词汇！当土地一旦沦为地皮，那预示着繁荣还是贫瘠？繁荣的，或许只是一些麻木的灵魂；贫瘠的，却是我们再也触摸不到的土地。

扯得有些远了，一围乡村的老囤，怎么可能有这样丰富的想象？老囤就是老囤，不争不抢，学不会中饱私囊，也不理解暗度陈仓，谁种下的收成，由谁照管，老囤不过是一副暂时存身的皮囊。也许，我再也找不到那个曾经摔倒在粮食海洋里哭泣的孩子，但是，那么多老囤陪伴的春秋又怎能忘记？

春是春，秋是秋，老囤，只不过在见证天埋。

篱笆青青

　　青青篱笆，来自乡村的深处，青绿着，蜿蜒着，逶迤着，像一条绿色的丝带，拴住乡村的暖，拴住庄户人家的脚步，拴住千里万里之外游子的心房。你见过山的险峻，见过海的宽广，不一定就见过一围小小的篱笆，纤细，温柔，一如母亲慈爱的眼神。等你走得近了，等你放下手中的行囊，你禁不住要停下来，在这小小的篱笆旁，借着篱笆青青的思绪，想起了远方的亲人。

　　一丛篱笆，可能是一段小小的竹林。青青的叶子，细细的竹节，繁密或稀疏的枝条，透过去，能看见鸡的逡巡、鸭的悠闲，或者还有一条狗戒备的眼神。忽然，篱笆深处闪过一张朴实的面孔，和蔼的女主人会用浓浓的方言问你："渴了还是累了？要歇歇脚吗？"庄户人家的日子散乱，不过水是甜甜的。没错，甜津津，凉丝丝，你不要介意隔着竹篱递过来的青瓷大碗，新汲的凉水混着竹的清新沁人心脾。

　　竹篱内外，陌生也变得如此温馨。

　　一丛篱笆可能是一棵棵紧密相连的花椒树。尖尖的针刺均匀分布在相互交错的枝丫间，不挡风，不挡雨，却可以忠实守护好自家的小院。院子里的枣树挂满了果儿，红的青的真好看，谗煞了几个调皮的乡下小子，他们商商量量着围着花椒树篱笆转了好几圈儿，就是没找到一个可以下手的地方。这些，树篱都看见了，只是不想说，但等八月十五的当口，卸完枣果儿，主人自会提了满满一篮子，东家西家，左邻右舍，哪个乡下的捣蛋鬼都能咀嚼上甜丝丝、脆生生的大红枣。

花椒树上已然挂满了一嘟噜一嘟噜的小花椒，红红的，在秋风里飘着麻酥酥的香味儿。

一丛篱笆可能是一个长长的豆角丝瓜架。父亲随便插了一圈小木棍，母亲在春天点上了种子。单等着春风吹，单等着夏雨下，长长的木篱笆上开满了花。有吊瓜花，有丝瓜花，有紫红如梅朵的梅豆花。要不人说乡下的母亲辛苦呢——见缝插针地打扮了一下，就给小小的农家小院牵来一篱笆美丽的花。蜜蜂嗡嗡飞，蝴蝶对对舞，偶尔有一只小虫子躲在花篱的深处，弹奏起柔柔的丝弦。

繁花锦簇的木篱笆是母性乡村优雅的蕾丝花边，掩映间，羞怯不语。

红红的朝阳升起来了，一声鸡啼啄破了黎明，一刹那，乡村沐浴着七彩云霞，鸟儿们在篱笆上唱起了情歌，歌声婉转，流淌着多情的音符。我自散发着谷物香醇的梦里醒来，绕着青青的篱笆看了又看，像读一首诗，像在欣赏一幅画，像听到一曲古典的乡情乡韵。每一片叶子都是清新的，每一朵花都飘散着清香。就连晶莹的露珠，一旦亲近上青青的篱笆，也会很久不舍得离去，自高处滑落，落在低处的叶面上，又跌落在篱笆下青青的草丛里。或许被几只早起的蚂蚁匆匆抢了去，分享着自然母亲赐予的芳醇。

花墙，当我想起这词来，青青的篱笆把我包围在幸福的记忆中央。我知道，乡村是贫穷的，但乡村又是那样的质朴，每一个村庄有每一个村庄的气息，每一个村庄都会有几围青青柔柔的篱笆墙。在春天，篱笆推开料峭的春寒，跟墙角的爬山虎较着劲儿，和田野里的庄稼打个赌——一定要把乡村打扮成如花的儿女。在秋天，你怎能拒绝篱笆上面青青红红的果实？长长的丝瓜，爬一路结一路，点缀其间；紫红的梅豆，站在最高处，像一面面飘扬在风中的旗帜。母亲呢，正忙着招呼路过篱笆门前的大娘、婶子："多摘点，多摘点，你看这篱笆要被压塌了呢！"

　　平原的乡下，不见山不见水，唯独随处可见青青的篱笆。土墙呢，太厚，太重，让人感觉不到一丝轻松；砖墙呢，太高，太冷，有点不近人情。只有篱笆墙的影子，青青细细、柔柔长长，像那青葱的岁月。我从乡下走来，深深懂得篱笆墙的弱德之美：不与人争辩，也不自惭形秽，只要心中永驻春天，生命的青绿会一直蔓延。

　　轻轻地，当我的眼神再次抚摸青青的篱笆，刚好暮色渐浓。一弯新月升起在村庄的上空，皎洁的月光洒在屋檐上，流泻在安静的庭院中，穿过岁月那围青青篱笆，投影在我安静的思绪里。这一生，是不是我也会拥有自己的篱墙，一丛青青的竹，或一排密密的小树，抑或一条开满春天的花墙？清与浊，真与假，善与恶，都不会轻易逾越。只与一面清寂的篱笆，与乡村，相守到老。

老瓦：乡村湛蓝的羽毛

瓦，湛蓝色的老瓦，在老屋上寂静匍匐，像乡村细密的针脚，把风雨，把冷寒，拒绝在单薄的时光之外。一片瓦的年纪能有多大，你问村里胡子最长的老人，你问那孤单的老碾，甚至，你去问那土墙业已斑驳的老屋，都没有答案。老瓦，泛着靛青色，泛着隐隐的湛蓝，从一个遥远的地方走来。我们的祖先，是，我们的祖先从远古走来的时候，一无所有，天地初开，混沌空蒙，尘世间的花草醒来了，多情的鸟儿开始歌唱，原始的天空中飞过一大片一大片纯净的云朵，一如我们即将披挂在肩的心灵之羽。那么，就走吧，走到一个有山有水的地方，一个有泥土草木的地方——起码远离了猛兽野蛮的叫嚣。日子，有些寂寞，亦有些安详。老河滩上的水草丰美，可以编织素朴的花环，也可以束之于茅屋之上。那褪去青绿的野草啊，被赋予另外一种象征，如瓦，爬上简易的屋顶，迎接每一个有七彩云霞燃烧的晨昏。

日子淙淙向前，像滴答的雨，"屋上三重茅"早已被风卷起，断了线的雨和肆虐的风霜，无孔不入。我看见苍穹的光芒了，呵！在那个寂寞的世纪，火焰是那样诱人、性感，仿佛一位来自天国的神女，舞姿妖娆，尽情奉献着温暖与活力。一件陶的器皿被烧灼，历练成乡村坚实而有形的时光。但也有一些被一场突然而至的大雨，改变了生命的方向，成了一片片不太规则的瓦片。那些瓦片，有着农人质朴的面孔，有着泥土的单纯。当有人把它们一片片覆盖在房顶，湛蓝的天空里，仿佛传来佛的声音："花开有时，花落无因，赐之于羽毛，暂以温心。"

是啊，我遥看一片瓦，你安静地趴在乡村的屋檐上，经过了多少风霜雨雪，走过了多少坎坷崎岖，却总也看不见你疲惫的模样。每一片老瓦上都有青苔的痕迹，每一片都巧妙衔接，一个个单薄的身影组合在一起，就缝缀成了一袭经年的青色长袍。那袍子里有书香，有耕耘，有人生的悲悲喜喜，有青春与韶华的来来去去。或许，在某一个烟青色的黄昏，窗外飘着雨，屋檐上滴答滴答的声音，敲开了一个少女的心扉；庭院中，水缸里的青荷早就开过，只留下一抹残红，和一片憔悴的荷叶依旧在青涩地舒展。她是不是在想，会不会有一个人，匆匆走过一条雨巷的拐角，而后，轻叩岁月的门环，然后与之一起住进有湛蓝色羽毛的屋檐下。让寂寞不再冷雨敲窗，让孤单不再滴落芭蕉叶上的泪痕。

青色的老瓦，如同时光深处的一片片羽毛。这乡村是宁静的，这片土地上充满生机，甚至让我以为，只要拥有一座老瓦覆盖的老屋，再别无他求。土是村里村外随处可见的泥土，水是村前小河里淙淙流淌的河水，当制瓦的老模像转经筒般转动，我听见了最虔诚的祈祷。谁不渴望有一处宁静之所呢？谁又不想守着一方美丽的家园，日出而作，日落而息，以单薄的躯体试图抗衡着永恒的岁月呢？没有，没有人能活过一片老瓦，也没有人能像老瓦一样，站在村庄最高的地方看日月轮回，或于村庄之外，看大不相同的时光。

初解世情，在一个刚刚苏醒的春天。当我沿着一条长长的河堤走到一片废弃的瓦场前，想起一个叫小妮的女孩，那时候我们还小，小妮的父亲老瓦叔是远近闻名的转瓦人。我和小妮在春天的小河滩上玩耍，采草芽，看小河里自由自在游泳的鱼，偶尔跟从头顶掠过的小鸟学习歌唱的声音。老瓦叔正襟危坐，好像前面不是转瓦的轮轴，而是一朵即将盛开的花朵，态度虔诚，目光安详，偶尔泥瓦上沾上一片小小的树叶，也会用手指轻轻剔出。我问小妮，老瓦叔怎么比女人还心细，小妮听完陷入了沉思，好像有些痛苦的样子。母亲说，老瓦叔原本有一个心灵手巧的女人，那一年她不知得了什么怪病，不吃也不喝，整整两个多月，瘦得皮包骨，停止了呼吸。我不知道，老瓦叔是不是真的把眼前的一团泥当成了一朵女人花，用尽了所有的精力，在一双粗糙的手掌的呵护下，打苞，开花。反正村子里的人都喜欢老瓦叔烧出来的湛蓝色的瓦片，新盖的房屋上，瓦片整整齐齐，像极了湛蓝色的羽毛，温暖着乡村的儿女。

后来，过了好多年，村子里的老屋开始一座座坍塌；即便是翻修，也很少再有人使用蓝色的小瓦，而使用从很远的地方拉来的大红瓦。虽然看着也好看，但总觉得少了些湛蓝的细腻与温软。老瓦叔和小妮也走了，失去了消息，不知今夜的星空下，他们是否还住在有蓝色羽翼温暖的屋檐下，炉膛里跳动的焰火，是不是勾起了曾经转瓦筒的声音。

有些时候，我们并不害怕失去，可是当一些细腻的纹理渐次淡出视野，被湮灭在时光的潮水里，再也看不清一丝涟漪。那么，那些曾经的温暖呢？那些温馨的气息呢？那些至真至纯的简朴呢？会不会有一天都走进博物馆里，被收藏，被瞻仰，落满了尘埃，空留玻璃橱窗外一缕深深的叹息？

无疑，我喜欢上了我的村庄。那些旧时的物件——老箱老柜和老去的锄头镰刀，上面有父亲的温度和母亲的气息，以及祖先们远去的容颜。没有谁能逆光行走，也没有谁能如时光一样不老，但我却总有一种深深的忧郁，像一个在暗夜行走的少年，前方就是黎明，前方就是熟悉到骨子里的挚爱的村庄——却脚步踟蹰。

老瓦，靛青、湛蓝的老瓦，你从时光的更迭中飞来，会不会也像一片秋天的树叶飘零，落入尘埃。尘世里的花呀，依旧在开，缤纷的、迷离的或妖艳的色彩，却日渐淡却了素雅、清芬、隽永的味道。是谁在创造着多彩的流行色？又是谁将经典的优雅抛弃？或许，只有岁月才是检验永恒的唯一标准。

我不能忘却一片老瓦，就如我始终走不出村庄的屋檐，"茅檐低小，溪上青青草"。或许我的生命里注定也有一座孤独的南山吧，"种豆南山下，草盛豆苗稀"，收获着薄薄的光阴。屋顶上那一片片湛蓝色的老瓦，将是我湛蓝的灵魂之翼，每一次舒展或收起，只为守望故乡的原野。

　　老瓦，乡村湛蓝的羽毛。

犁杖：最后的方舟

父亲走了，犁杖的寂寞无人能懂。

犁杖靠在山墙上，土墙剥落的泥土，覆盖在刺槐木的把手上。那些木质的纹理，那些被父亲粗糙的大手抚摸过无数次的纹理，此时，湮灭在无声而落寞的尘埃里。铁铸的犁铧，有一半湮没在庄稼院的泥土里。曾经的闪光不再闪光，曾经的锋利不再锋利；只看见被雨水侵蚀的铁锈，斑驳一地。

犁杖也有年轻的时候，犁杖年轻时和父亲一样讷言、有力。父亲牵出他心爱的老牛，只一个眼神，老牛便稳稳站在犁杖的前面。有时候，默契就是这样一种无言的情义，岁月不会给你丰厚的物质，但会给你挚友般的信任与友情。时光带不走什么，但会让你深深懂得彼此的感念。即使不用言说，对方也会心知意领。

再没有如此稳重的行走了，老牛的蹄走过万物苏醒的大地，留下一枚枚泥土的印章。不需要褒奖，田野上拔节生长的庄稼就是最好的馈赠。不需要催促，一步一个脚印的乡村，从来就这样稳稳前行。你见过波浪连天的海么，一头老牛所驾驭的乡村世界，就是一艘通向黎明的方舟。云开了，雾散了，飞鸟翱翔在天空，田野上奔跑着羚羊和驯鹿。没有一个物种不沐浴大地的恩泽，但没有一种动物能像一头牛那样可靠忠诚。

打犁杖的六爷，是村里最好的木匠。单是选材，六爷就会在一根木头前静默良久。梧桐树，轻便而坚韧，可以打造女子的妆奁，一口梧桐木的木箱，历经百年，依然保持原有的形状，敲上去，空空有音，仿佛能听见焦尾琴的清音。一株历经沧桑与坎坷的苦楝树，一生养育了无数可爱的麻雀。它们喜欢在树枝间穿梭，喜欢苦楝树上金黄的果实。它们执拗地把乡村当作可以托付前世今生的家园，叫醒黎明，唤醒炊烟，为寂寞平添一缕清澈的音符。这株已有五十年树龄的刺槐树，还是父亲在小时候，牵着祖父的衣角，栽种在庄稼院里的。洒落过槐花沁人心脾的清香，蓊郁过遮天蔽日的阴凉。终于有一天，父亲狠狠心，将刺槐树放倒。轰然倒塌的瞬间，一副上好的犁杖，已在父亲的脑海中有了雏形。多么圆润的把手，多么沉实有力的杖柄，每当父亲坐在田埂上，轻抚一副远年的犁杖时，就好像在轻抚情人的脸颊。

那肯定是块上好的铸铁。你能看出作为一个打铁人严肃的表情。淬火，煅烧，锤打，在千百万次的叮当声中，唤来一面犁铧上隐隐的青锋。犁铧不需要尖利，太过尖利的锋芒会触痛大地的肌肤。犁铧不需要冷漠，太冷漠的表情，会冻结春华秋实的热情。一面犁铧是内涵丰富的语言大师，当它深深地插入泥土，种子播种的诗行，季节凝成的段落，露珠凝集的词语，已然将乡土的沉浑与壮美抒写得淋漓尽致。父亲在面对一面犁铧时的神情是缄默的，在缄默的神情之下，父亲在犁铧如镜的反光中，看见自己与泥土相亲的一生。

学吧，学会像一头牛那样，沉着而坚忍，才能开垦出水草丰美的生态家园。

学吧，学会像父亲一样讷言而温情，才能深入泥土的精髓，一次次耕耘，一次次收获，度完这辛苦而充实的一生。

学吧，学一副犁杖，它的沉默就是最好的表达，它的表达便是秋日田野上沉甸甸的谷穗。

我深深记得那样一个暖暖的黄昏。家园的落日挂在玫瑰色的穹顶。父亲交给我那条鞭子，也教给了我所有与泥土相关的箴言，学会与泥土相偎相依，便能迎向一个华枝春满的生命轮回。

无疑，我的双手在颤抖，当将刺槐木的把手握在掌心，我能感知到来自泥土深处大地的心跳。我知道，那天的老牛不是由我来驾驭，而是一头阅尽人间春秋的老牛，在牵引我走向远方的路。那天的犁杖也是隐忍而屈从的，它知道每个乡间的后生就是这样生涩地一路走来。犁沟是弯曲的，在弯弯曲曲的犁沟里，我的身影从此叠印于泥土。从此，无论过了多少年，在深情书写乡村的很多桥段里，你都会看见我的名字。

走过就是走过，在最后，我宁愿放弃抒发一副犁杖的落寞与失意。无论时空如何转变，在史书的册页里，在永恒的大地上，在某个小小的庄稼院里，一副犁杖选择尊严地老去，它告诉我，不要轻易遗忘故乡和土地。

石磨：烟火人间的天与地

　　石磨住在村子里，哪个村里都有一盘经年的石磨。一方磨盘是天，一方磨盘是地，天罩着地，地撑着天，村庄就有了饿不死的日子。

　　磨盘是圆的，人要围着磨盘转，转进去的是粮食，转出来的是面粉。夜沉星稀，日头沉入大地；夜沉星稀，一盘老磨的光阴刚刚开始。蒙眼的驴，若是喂足了草料，咯噔咯噔的蹄声，像钟表一样有节奏。人围着磨盘，把溢到边上的粮食撮进去，撮进去，白生生的面粉就这样硬是碾了出来，像雪那么轻盈，却又让人觉得沉甸甸的。

　　沉甸甸的是那些忘不掉、丢不下的老光阴。三娘和娘是妯娌，是多年的好姐妹。父亲一生气，娘就往三娘家跑。父亲虎着脸，说："好到一个碗里，好到一口锅里，好到一个被窝里，就永远别回那个家。"娘眼里带着泪花就笑，笑父亲是个蒙了眼的瞎驴，啥也看不清，就只会埋怨。

　　年成不好，一家都是张嘴等吃的货，娘比谁都着急。榆树皮是不错，滑溜溜，甜丝丝。熬了锅稀粥，榆树皮在粥里像一群捉不住的鱼。村西的二闹，饿得两眼直发绿。二闹娘熬了榆树皮粥，刚开锅，二闹急头白脸盛了一碗，一小段儿榆树皮哧溜下肚，还保持着火的温度。娘说，二闹死得惨，他躺在地上打滚，一会儿喊饿，一会儿喊烫，再一会儿就翻了白眼。娘和三娘心比较细，跑了很远，在小河滩上挖茅根。茅根就是茅草的根。剥光了树皮，割完了野草，只剩下这条小河沟天偏地远，还藏着很多茅根。榆树皮晒干，茅根晒干，娘和三娘将它们用石臼捣碎，放进磨盘里碾磨。

那时的驴都是公家的，没人敢借给你。没有驴不怕，人有时两眼一闭也能充当一头驴。星星亮了在推磨，月亮挂上树梢还在推，草虫唧唧，三娘喊脸色蜡黄的娘歇一会儿，咬几粒队里卖粮遗落在地上的干玉米。三娘累了又换娘，娘说熬吧，只要这把老骨头还在，说不定还能活出一片天。

石磨保持沉默，在古老的乡村一隅从不显山露水，也不向天地倾诉满腹苦水。石磨旁有一棵高大的梧桐树，在春天开了很多梧桐花，不知何时飞来一只鸟，在树杈上衔枝筑巢。不出门打食的时候，就在树枝上看院子里的光阴。光屁股的娃儿渐渐长成一头小牛犊，可以甩开膀子帮母亲推推磨。满脸鼻涕花的小妮转眼就长成了大姑娘，坐在门槛上绣鞋垫，两只鸳鸯一朵花，三片荷叶一汪水，荷叶长着长着就擎起一个莲蓬。莲子虽苦却清心，苦难里熬出来的娃儿大都质朴单纯。

石磨在，梧桐树就在。开了好看的花儿的梧桐树，就留住了浪迹天涯的飞鸟。鸟儿像村子里的人一样勤快，夜里推磨洒落的谷粒，鸟儿一瞅一个准儿，从高高的树上落下来，一粒粮食也不肯浪费。三娘坐在树墩上纳鞋底。不知为啥，三娘一辈子也没生下一儿半女，没有一儿半女并不代表她不能享受天伦，很多年以后，村子里长大的男娃女娃，都管三娘叫娘，好像每个人都是三娘十月怀胎生下的儿女。三娘勤俭，忙的时候在地里干活，能顶一个壮劳力；闲的时候就在家里裁衣服做鞋子。谁没穿过三娘做的虎头鞋呢？白的底，绿的帮，像一片青绿的山野，一只活灵活现的斑斓虎就在山林里隐藏。三娘说，是小子就不怕调皮捣蛋，能吃能干能懂得老人心意，长大了肯定能有大出息。

石磨看着，看着一座充满烟火气息的院落，看着院子里进进出出的人。一盘石磨，或许年深日久就具备了某种神性，就像一位入定的老僧，保持着原始与单纯、善良与悲悯。也许这盘磨从人们没剪辫子的朝代就存在，一个赶脚的石匠，耗费了很多时光，才叮叮当当敲打出一对浑圆的磨盘。那流溢的火星就是火种，点燃人们活下去的希望；那粗糙的纹理就是乡间磨砺人的岁月，将坎坷与苦难一一吞咽入喉，喂养成铁打的乡村骨骼。

石磨最善记忆，记着风尘仆仆归来的父亲和母亲，在孩子面前一扫满脸的沧桑与颓唐，嘴里哼着不在调子上的谣曲，一步一唱，推动咿呀旋转的老磨。也许你会觉得父亲就是一片天，母亲就是脚下的土地，沉闷的日子太过漫长，而天地恒久远，在轮转中赐予我们风雨阳光与活命的粮食。

那头蒙了眼的驴子，也是乡土矢志不渝的信徒。它相信每一步都能抛却一丝苦难，它相信转过漫长的黑夜之后就是黎明。

黎明，出奇的静谧。一株草从脚下的泥土中探出头来，它觉得生的重量其实很沉，就像一盘石磨，悬挂在头顶。但草不会气馁，一株草弱不禁风，很多草籽的力量凝集在一起就能奔向光明。安放石磨的砖台子老了，一层层剥落，落在地上很多碎屑。转动石磨的木杆老了，下雨天长出很多木耳。但石磨的记忆从未老去，娘和三娘依旧喜欢待在老磨旁，唠叨那些老去的光阴。梧桐树老了，但梧桐树上的飞鸟从未老去，一代代传承勤俭节约的美德，一声声婉转的啼鸣，在召唤回家的孩子。

三娘的记忆也像石磨那样清晰。有子有孙又添了香火的人总爱去三娘家串门。三娘记得狗蛋出生那天，西北角黑压压过来一片云，黑云下面传来骇人的枪声。三娘记得二丫出生的那天，村里分田分地，为此三娘才分得一盘老磨，并将其放在破败的院落里。我问三娘我的生日的时候，三娘的眼里尽是哀伤。她说那一年有一位伟大的人物去世，整座村庄都笼罩在一片悲痛之中。

被野草倾倒的石磨有些孤独，但谁能说孤独不是一所最好的房子呢？它可以让我们静下心来翻阅泛黄的日历，哪一页记录下曾经的苦难，哪一页记录下乡村的真实，哪一页又曾镌刻一盘老磨忧伤的泪痕。

一方石磨是天，一方石磨是地。天地轮转，才有了我们那些刻骨铭心的日子。

簸箕：野地上走出来的野孩子

用来编织簸箕的叫作簸箕柳，簸箕柳又叫杞柳，长在一大片茫茫的野地里。野地就是野地，不适合生长庄稼，但并不妨碍长草。能长草的地方，就能生长葳蕤的杞柳丛。

野地里的野风吹过，吹落沾满柳叶的露珠，吹出沙沙的声响，像弹奏一曲委婉的春之圆舞曲。在我的眼里，杞柳像是正值豆蔻年华的乡间少女。柳叶的眉，柔软的腰，叶片上晶莹的露珠，就是杞柳清澈明亮的眼睛。这些可爱的乡间少女啊，用它们来编织簸箕，你想会多么充满灵性。洁净的阳光下，母亲坐在庄稼院里，一身粗布衣，一双灵巧的手，金闪闪的谷粒在簸箕里，跳跃，滚动。抖掉土，抖落空空的秕子，抖落混杂在谷物里轻盈的草籽。

我见过祖父在月光下编织簸箕的样子。亮闪闪的篾刀蘸着月光，在青石板上细细打磨。那些削来的柳条，祖父用折断的筷子轻轻一撸，就褪下青绿的衣衫。剥好皮的柳条不能太干，太干了容易折断。所以，我会经常看见祖父把放在小仓房里的杞柳条搬进小院，将它们靠在土墙上，排排站好。祖父说，被风干的柳条需要夜露的滋润，这样才能保持柔软的筋骨。一根柳条的柔软是你难以想象的，祖父把它们握在手里，左插右穿，甚至拗了一个一百八十度的弯，柳条也不会折断。月光下的祖父，像一个资深的编织艺术家，手中的篾刀从容地在手中挥来挥去，柔韧的柳条像细细的银色丝线，刺绣着大地上的水墨。

　　经风历霜的杞柳条，看惯了野地上的风景，一闪身走进庄稼院，一样不改农人质朴的样子。闲暇的时候挂在山墙上，和杞柳筐、杞柳编织的土篮待在一起。有时还有一只绿蝈蝈，住在祖父为我编织的小笼子里。明媚的秋夜，月亮在云层里穿行，瓦砾下的蟋蟀和笼子里的蝈蝈一唱一和，嘀嘀，铃铃。作为一件朴拙的农具，簸箕的光阴也是这般从容。

　　簸箕的主要功用是选种。每逢播种的季节，母亲会坐在门前的树墩上，筛簸粮食。我学不来那样娴熟的动作，1、2、3、4，2、2、3、4……像在做一套舒展筋骨的广播体操。左手抓住簸箕的边缘，右手轻轻一抖，簸箕里面就起了一阵清凉的风，吹走了尘土、秕子和草籽；右手抓住簸箕的边缘，左手轻轻一颤，颗粒饱满的谷物就聚拢在一起。如此循环往复，二百多斤精挑细选的种子，就装满了蛇皮袋子。只等父亲的鞭子轻扬，就洒落在整整齐齐的田野上，等待春风唤醒幼苗，等待夏雨拔节鲜活的生命历程。

　　簸箕有时也作盛放东西的器皿。在青黄不接的时令，母亲看看已经见底的粮囤，叹了一口气，从阳光照射下的山墙上取下那个方方正正的簸箕。去借吧，乡间的借借还还从来没有人斤斤计较，但母亲却清楚地记得簸箕上正数第几根编织的柳条，还债的时候，会多出两格来。轻借重还，暗含着滴水之恩当涌泉相报的朴素理念。

　　我仔细端详一个经风历雨的簸箕，上面还残留着祖父篾刀的光芒，深处的纹理依稀透着母亲温暖的气息。柳木片的簸箕口，微微上翘，像一条饮尽百味、尝遍五谷的舌，苦也有过，甜也有过，更多的是曾经品尝过那么多劳动的欢乐。金黄的牛筋丝线，依然泛青。簸箕的边缘，是祖父从集市上买回的一根青竹，他用锋利的篾刀细细剖解，再用柔韧的牛筋密密连缀，就融进了婉约的山情水韵。它们是否在想念家乡，或者早已熟识了这个简陋的庄稼院，暮鼓晨钟，朝夕相伴，早与一根根柔软的杞柳条结下千里情缘。

我从不怀疑杞柳的坚韧，就如我始终相信农业才是尘世的根本。窗外的世界日新月异，行走的速度在以遗忘的方式提升。那么，作为一件老去的农具，你是否也在疲惫中深深质疑？到处是冷色调的塑造与打磨，随处可见漂浮的白色垃圾，它们到来的时间是如此短暂，却需要百年的漫长光阴，才能缓慢分解。

落满尘埃的簸箕啊，和别的农具一起在庄稼院里渐渐老去。连同幼年时的那个蝈蝈笼子。有时我会站在屋檐下静听，穿过层层风雨，穿过深深结垢的鼓膜，才能听见农业深处压抑的呼喊。

野地上的杞柳丛，很多年前就消逝在乡村的视野之外。所有务虚的树种一律被迫栽植成一行行高大的速生杨。我怀念那些柳条轻舞的光阴，就如同在坚硬的时代，总想找回一丝柔软来填充冷清的梦境。在梦里，只有柳叶的眉、柔软的腰、露珠在叶片上晶莹的眼神，轻抚大地累累的伤痕。

水缸：静悟的诗人

水缸待在锅沿旁，水缸里不断清水。那些清冽的水，是活泛日子的水，是从遥远的雪山蜿蜒千里万里，从大地的深层输送到村庄地下的水。

水源是一口老井，老井的青石板上爬满青苔。唯独站人的地方，踏出两个浅浅的石窝子。村里人汲水，必要俯下身来、低下头来，如同感恩这天地之水，以澄明，以无私，以源源不绝的爱，哺育着温暖的村庄。

水缸放在厨房里，厨房就是一座低矮的土屋。夜很静，月很明，白白的月光打在水面上，水缸里就有了一轮皎洁的月亮。父亲说，水缸里不能缺水，缺了水的日子就像长在墙头上的草，撑不了几天就会蔫头巴脑。分工，不管大小，一二三四往下排，大哥二哥不在家，为了挣得自己岁月里的那条活路远走他乡，三哥保家卫国去当兵，家里就剩下父亲和我两个男人。当然，父亲已经行动不便很多年，挑水的重担就落在二姐三姐和我的肩膀上。剪子包袱锤，很多次我都赢了她们。背地里，我狡黠地告诉父亲，我爱出锤子，小小的一只手，像握紧的螳螂爪子，这样，二姐和三姐的剪子就不得不敛去锋芒。恍惚的记忆里，好像两个人忽然背过脸去，哧哧地笑起了什么。

水缸里的水长年不断，二姐三姐的肩膀能撑起一片天。棉花捉虫打叉，玉米除草打农药，割草喂牛，捡柴做饭，里里外外收拾得井井有条。我呢，顽皮得像一阵风在村子里跑来跑去，下河捉鱼，上树抓鸟，后来趴在黄昏的油灯下看书写字。我咬着铅笔头说："二姐三姐怎么这么傻，我不是总喜欢出锤子吗，为什么你们一次包袱也不出？"母亲停下手中的纺车说："你才是一个十足的傻小子，你傻别人可没那么傻，明明是二姐三姐商量好了只出剪子，就为了让你少出点力气。"

我是傻，呆呆地站在水缸前面不说话，眼泪吧嗒吧嗒掉进水缸里。水缸里的月亮好像在笑，笑一个自以为聪明的人。水缸不说话，水缸里的水就是水缸的心思，清净明亮，能照见一个人的灵魂。

我还记得第一次挑水的样子，父亲站在远处看着，我把两只脚踏进两个浅浅的石窝子。井绳三米多长，就像一条联系天与地、现实与梦幻的线索。我要学会和大地对话，我要学会向一口老井致意，我要学会向滋养生命与灵魂的水，倾诉心中太多的感恩。

当然，我深深记得自己笨拙的样子，把井里的那轮明月，摇曳成一片闪闪的碎银光泽。盛在水桶里，就多了一个一模一样的月亮。可是我的肩膀实在瘦弱，可是我的力气实在还不够充裕。扁担硬生生地搁在肩膀上，不是前面高后面低，就是像喝醉酒一样左右摇摆。一次，两次，直到脚步渐渐沉实，直到肩膀足够坚强，盛在水桶里的水，再也不会像闪闪的碎银一样，泼洒一路。至此，水缸里终于有了我满怀希望放进水中的一轮明月。

水缸是陶制的器皿。在乡下，哪一家的锅沿旁不周周正正地放着一口浅浅的水缸？水缸不会悭吝，盛进多少，舀出来多少，绝不贪恋一点一滴。勺子碰锅沿，柴火暖着灶膛，一口水缸里盛放的是一家人清清浅浅的光阴。你从牙牙学语、蹒跚学步，到成为一个风华正茂的少男少女，水缸也就老了，老了的水缸依旧在乡间的厨房里恪尽职守。水缸不会歌唱，煮好热气腾腾的玉米粥，果腹生在乡村屋檐下的我们。吃剩的饭食，母亲用来喂鸡，母鸡就能咯咯下蛋，公鸡就能站在高高的树杈上，喔喔叫醒黎明。母亲也会从水缸里盛一碗清水，撒一把粮食放在院落里，方便路过庄稼院的鸟儿。这样，就能听见唤醒春天的鸟鸣。

　　水缸是父亲背了一袋地瓜干，去很远的集市上换来的。那时的父亲身强力壮，一口气把水缸背回家，放在厨房。一桶一桶清凌凌的水，就这样哗哗地倒进水缸，一口一口的人，就这样出现在低墙矮屋的庄稼院里。

　　到老，父亲也没能赶上自来水。有时我会在宁静的夜里听见哗哗的水响，仿佛来自远山，仿佛来自一条清澈的小溪，仿佛是大地深处一条血脉奔涌的时光暗河，一直流进苍老的水缸里。

　　水是活着的诗，水缸是一位日夜静悟的诗人。

　　有些简单而质朴的诗句，往往并非孔雀绚丽的羽毛。当远年的暮鼓晨钟敲响，你听，沿着生命回溯的那条河流的源头，一口水缸泛起泠泠的水光，缀满闪光的词语。

风箱：村庄柔软的呼吸

那时候没有电。没有电的乡村并不缺少温暖。

点亮橘黄的油灯，母亲的身影在昏黄的光影里摇曳。柴草窝，是一个永远的好去处，在外面疯够了、玩累了，循着星光的微茫指引的路，回家。回到寂静的院落。母亲在厨房里进进出出，炒菜，熬粥。父亲坐在蒲草团上烧火。这是父亲驾轻就熟的活计。瘫了的父亲，左臂不能自由伸展，好在老天有情，还留下一只强健的右臂。把火柴放在膝盖上，右手熟练地点燃麦草。轰的一声，灶膛里燃起了熊熊的火光。添柴，抽动风箱，父亲像一个熟练的舵手，驾驶着一艘简陋的帆船，驶向乡村生活的海洋深处。

我喜欢柴草窝里温暖的时光。一个人躺卧在清新的麦草上，和两只白色的小兔子逗来逗去。同样，柴草窝也是它们温暖的家。在厨房的一角，用木板钉了一个小小的兔子笼，笼门敞开，以便它们能在柴草窝里自由来去。

或许你没见过风箱。这个笨头笨脑的木制器具，通常安放在不引人注意的角落。从外观上看，像极了一只未上漆的木箱，但是里面空空如也。要说盛放，风箱里从来装着用不完的空气、用不完的风。风箱的里里外外没有一颗铆钉，开榫，镶嵌，全部由乡下最好的木匠六爷亲手完成。薄薄的木板简单拼装在一起，就成了风箱的雏形。当然，一只风箱有如此巨大的肺活量，就有一个宽广的胸怀。一张薄薄的木板，连上一副光滑的拉杆，这样就能自由抽送。前面是口，是舌，每一次抽拉，小小的盖板便会自由开合，吸入新鲜的空气。后面是鼻，是鼻孔，呼出污浊，呼出用过的气体，所以，每一次抽拉风箱，风箱都会吐出一股小小的风。呼呼，呼呼，鼓动火焰起舞。呼呼，呼呼，把柔软或坚硬的柴草，燃烧得哔哔剥剥。我喜欢如此简单的歌谣，在不变的音符里，父亲气定神闲。薪火相传，是父亲教给我这个词的真正含义。在原始的解读里，明白一缕飘摇的火焰接续着乡村的命脉。我也深深地知道，当父亲只剩下半个身子时，他只能以如此简单的劳作，向母亲做出深深的忏悔。没错，在这个九口之家，母亲的抱怨从来很少，家里家外，默默操持着一家人简陋而沉重的光阴。

其实，风箱还有一个小小的秘密。每每母亲将凌乱的公鸡翎毛收藏起来，都让我一直心存疑问。给姐姐们做毽子？或绑一把拂去尘埃的鸡毛掸子？不是，都不是。

每当母亲看见父亲将风箱抽拉得更费力、频率更快时，母亲就说，风箱该绑鸡毛了。暖暖的阳光下，母亲将风箱的挡板卸下来，我才看清作为肺叶的挡板的构造。四四方方的一块木板，周边用棉绳将一根根彩色的鸡毛绑上去。好看当然是好看，每一根翎毛在阳光下泛着美丽的釉彩，随风而动，像是插上了翅膀，就要展翅高飞。但此时的羽毛不过是为了减小挡板与风箱之间的空隙，好让父亲的每一次抽拉更加轻便，让风箱吐出更多空气、更多的风。

很多年，我家厨房的灶膛旁总是贴着一张酷似杨柳青的年画。母亲说那是灶王爷爷和灶王奶奶。腊月初几，有人敲门，母亲一定会请来一张灶神贴在灶膛旁。"上天言好事，下界降吉祥。"不变的联语，却能让父亲心生更多的宽慰。是啊，一转眼几十年过去了，一个简陋而贫穷的农家院落，子女都已长大成人，出息不出息，乡下的父母并不在乎；只要儿女平平安安，仿佛就完成了他们一世的心愿。正月十五送火神，村子里的鞭炮声此起彼伏，家家燃放爆竹，以求今年的灶神依然能让乡村风调雨顺，以求乡下的烟火日月，岁岁平安。

　　六爷是村子里最好的木匠，六爷制作风箱的手艺早就像一个上等的技师，炉火纯青。木料，选用的是上好的梧桐木，没有裹节，没有虫蛀，不是歪七扭八的旋木。用大锯剖解的木板，放在屋檐下阴干，用锯末木屑文火慢工，将木板煨熟。六爷说，通过这种方式做好的风箱，即使用上几十年也不会开裂变形。剩下的就是精工细作，在半指厚的薄木板上做尽了文章，才宣布大功告成。

　　六爷站在阳光下看风箱的神态很是陶醉。他点燃一袋烟，说乡下的日子就像风箱的一呼一吸。急了不成，容易憋气，胸闷气短。太慢了也不行，气若游丝，上气不接下气。只能稳扎稳打，一推一拉，这呼吸就通泰了，这腔子就敞亮了，这乡下的日子就会红红火火。

　　一口热粥的温度是如何熬成的？一个乡下少年的筋骨是如何能长成一棵枝繁叶茂的大树的？朦胧的夜色缓缓席卷而来，我仿佛听见岁月深处传来风箱的呱嗒声。吸，自然而从容；呼，将疲惫与沉重，轻轻散入无边的夜色。菜就香了，饭就暖了，充满五谷杂粮的村庄也便安然了。呼吸柔软，我们曾是乡村的孩子。

陶盏：名字叫母亲的星子

　　浓稠的黑夜，我们需要一点光明。哪怕火光如豆，也能点亮简纯的烟火日月；哪怕只有一丁点微光，也可以照亮我们前行的路。

　　陶是温厚的，在制陶匠人的手里，那些来自大地的泥土，还散发着植物芬芳的气息。陀螺般转动。转动的泥土开出小小的花朵。你看那双粗糙的手，那双手耕耘大地，收获谷物，一样能如儿女般细心呵护，泥土盛开的花朵，在水的滋润下，浸入远年的履痕。祖先们一路走来，在祖先一路走来的荒野上，我们才有了温暖的家园。那煅烧筋骨的火焰，在一座小小的土窑里，将陶盏的前世今生，塑造成型。也许，一只陶的器皿并不精细；但就是一只如此憨厚的陶，在烈火的熔炼下，终被铸入乡村俭朴的生活。

　　它实在太小了，小小的陶盏，一如父亲的拳头大小。薄铁皮的盖子，薄铁皮卷成的油柱，捅进一根软软的棉线，就成了一只会发光的陶盏。

　　做针线活的母亲，她的眼中满是慈祥与温暖。摇曳的灯光，把母亲的影子投射在山墙上，山墙上就有了一尊端坐的佛像。我们的母亲啊，尽管没有可以静坐的莲台，但一样轻拈针线，为我们缝缀出一个美好的将来。你看她将一根闪亮的银针，在鬓发间轻轻一抹，一根线在昏黄的灯光下飞舞。温暖的衣，结实的千层底的鞋子，就这样穿在我们的身上与脚下。不管前方再多风雨，不管来日的长路有多少寒冷与崎岖，我们都能平安度过。

手摇纺车的母亲，她的心地如棉。艰难的日月，为了省下一点点灯油，总是嘱咐我们将灯捻拨小一些。其实你不用担心，母亲那时的眼神很好。母亲驾轻就熟地手摇纺车，就像转动自己人生的寰球。嘎吱，嘎吱，洁白的棉剂子在她的手中一寸寸缩短，细细的棉线在棉锭子上越缠越长。乡间的日月，就是母亲的日月。母亲总是在摇曳的灯光下操劳到很晚。等到月上中天，你看哪一个母亲不是轻捶疲累的腰，站起身，像一个巡夜的哨兵，把庄稼院里清查一遍。锄头挂在树杈上，犁杖靠在土墙上，鸡们在高高的枝丫上做梦，那条忠诚的老狗，低低地吠了两声，以示自己并未擅离职守，一定会看护好我们简陋的家园。

走在夜路上的母亲，将一只陶盏捧在胸前。不听话的风，左吹右撵，妄图熄灭黑暗中小小的火苗。可母亲识得风的伎俩，背迎着风，用胸膛和另一只手看紧这引路的灯盏。村后的小学其实并不太远，夜黑漆漆的，我凭着天空中疏朗的树枝，也能记得回家的路。只是，谁的小小的胸膛里没装过一些自欺欺人的想法呢，总觉得漆黑的夜里有低沉的脚步，跟在身后。心，揪紧着；脚步，更加不安与恐惧，眼里只盼着那盏熟悉的灯火出现。

有时候，你想也不用想，那个把你的生命当作自己生命的人是谁，那个把你的心跳始终和她的心跳接连在一起的人是谁。那是我们的母亲啊，乡间的母亲站在空旷的路口，像一棵迎向春夏秋冬的老树。把风霜雪雨踩在脚下、扛在肩头，只为呵护我们小小的身影，渐渐长大。

我不能忘记一只小小的陶盏，就像永远不能忘记母亲的眼神。那质朴的陶，是母亲温和而亲切的面容。那细细的灯芯，是母亲短暂的一生。那盛装在陶里的是母亲的汗水、血液与泪水，无声地燃烧，换取黑夜中微弱的光芒。

每一位乡间的母亲都是一颗闪烁的星星。她们手捧陶盏，手捧一豆摇曳的灯火，在漫漫的夜空，灯火闪烁成漫天星辰。你试着走出家门，你试着走向旷野，你试着走向那条绵延的记忆长路，一定会在某个熟悉的路口，重逢我们亲爱的母亲。

她们老了，她们燃尽了一生的血泪，拨亮我们前行的灯火。她们瘦弱的身影，在寒风中孑然而立，像一只沉默的陶，回到自己深爱的土地。她们像极了一个词——油尽灯枯，熬完了自己的青春与热血，最终化成天上璀璨的星辰。在每一个漆黑的夜晚，指明我们回家的路。

轻轻拂去陶盏上的尘埃，薄薄的釉彩，依然像流动的云。能听见哗剥的火苗，能听见小河的流水，也能听见母亲手中的针线穿过岁月轻渺的叮咛。

一豆灯火，化成生命中永恒的航灯。

织布机：外祖母的老式机车

　　我在织布机咔嗒咔嗒的声音中睡去。身旁是茂盛的田野，庄稼在蓬勃生长。飞过天空的野鸢尾，姿态优雅而从容。清澈的天空，被外祖母粗糙的大手，洗涤出蓝天和白云，为大地披上一件圣洁的嫁衣。那些草，是外祖母豢养的精灵吧，在庄稼的空隙中游走，和农人的锄头捉迷藏、打游击。

　　这是一台属于外祖母的老式机车，彼此的情境不过是在一架简陋的织布机上，外祖母用柔软的布条将我背在肩上，一边哼唱乡村的谣曲，一边织布的样子。沿着一条蜿蜒的小河，就能到外祖母家。母亲牵着我的手，穿过金黄的油菜花田，穿过青青的杨柳，穿过一大片斑驳的春色，在走近一棵百年老树时，停下脚步。外祖母的神情永远慈祥。普天下的外祖母都有一颗柔软的心，用来对待已嫁他乡的女儿。在外祖母家，母亲是唯一的女儿。两个舅舅很多年前就已经离开故乡，远去白雪覆盖的关东。

　　这架织布机的样子是笨拙的，每一处木质的部件还散发着遥远的母系氏族气息。我想，在那个混沌初开的世界里，每一个女子的骨子里，都流淌着勤俭持家的原生传统。男人上了山，采集树种野果，狩猎飞禽走兽，为一家人谋生。我们羸弱的母亲和外祖母，收集棉麻与蚕茧，然后，坐在流水的青石板上，缠绕，洗涤。那是多么柔软的丝线啊，维系起每一个家族成员的符号与气息。大人的衣物纹路粗糙而结实，孩子的衣物面料细腻而温暖，就这样伴着人类度过无数漫长的饥饿与荒寒，将历史深处文明的丝丝缕缕，错综复杂地结织在一起，缝补在一起，供今天的我们遥望与怀想。

简陋的乡村自有最简纯的生活轨迹，那些田野里采下的棉，在月光下被外祖母用纺车纺成丝线，棉的白，月的白，和外祖母花白的鬓发绾结在一起，像流淌不尽的时光长河。织布机也是简陋得不能再简陋的设备。外祖父将一棵大树放倒，每日里削削砍砍，就使一架老式机车初具模样。棕绳是早些天备下的，到了一定的时间，外祖母会将卷布的滚筒下下来缯一缯，好让织好的布结结实实缠在滚筒上。每一次去外祖母家，我都不解外祖母从吃剩的鸡骨里挑出两根结实的腿骨的用意，她将鸡腿骨插在墙缝里，一任时光催化、剥蚀残余的肉渣和骨筋。到后来，看见外祖母缯布时，我才明白原来鸡腿骨是最好的摽子，能将棕绳扭紧，这样滚筒就不能将棕绳撼动半分。撞板是有力的、顺滑的，每一声砰砰的声音都来自那里。经线是起先穿好的，放在高处，像有轨机车上来来往往的线路，连通起点与终点。鱼一样的梭子，在外祖母的手里滑进滑出，以至于让人觉得一把飞梭是乡间生命力最强的精灵。像机车发动机里的活塞，来来往往中担负起乡村文化前进的巨大引擎。我不能详尽描述一台老式织布机的内部构造，就像每一次看见一件件老去的物件上落满尘埃，不知道它们到底在过去的岁月中担负起多么繁重的劳作。但我知道，清楚地知道，在每一件老去的物件里，凝集着祖先的血汗与泪水。如今在乡下的仓房里，一架从外祖母的织布机上拆下的踏板，静静躺卧在墙角。那是一对被剖开的刺槐的木板，相似的纹理，证明着它们同样来自大地母亲的造化之手。它们无言着，沉默着，在空荡荡的乡村，像一个优秀的冲浪者珍爱的冲浪板，还在想念曾经的涛声，与弄潮人执拗，像海鸥一样飞翔的身影。轻轻拂去落满的尘埃，两个深深的脚印赫然在目。呵，那是外祖母的足迹吧，在一望无际的时间荒野里，外祖母驾驶着专属于自己的老式机车，缓慢行走。咔嗒，右脚起左脚踩下，将飞梭上的纬线牢牢编织在一起；左脚起右脚落，又是一次急刹车，将经线重新整理。

这是一项枯燥的劳作。外祖母不得不坐在织布机上努力睁大眼睛，她知道人生专列的每一个驿站与路口，也知道自己不能停下飞速的双手和踩踏的脚步。她想象着每一年给远在关东的舅舅捎去的家织布，想象舅舅将家织布做成棉衣穿在身上，抵御思念家乡的寒冷。那一份流淌在骨子里的暖，从来就不会在游子的血脉与念想中消失。

这是一连串近乎迷醉的姿势，被缚住翅膀的飞天，用灵魂也要飞翔、起舞。她们是女性，是母亲，更是农耕社会博爱的神。你看她们专注的眼神，能看见每一丝断线都用柔软的心肠绾结。你看她们操劳的双手，当锅碗瓢盆的奏鸣曲刚刚谢幕，就走向宽阔无际的田野，采一把野菜充饥，饮一滴清露解渴。然后，端坐在每一股原动力来自她们血肉的老式机车旁。

我曾经在历史课本上看见过黄道婆，那端然静淑的模样分明是当年的外祖母走进了泛黄的历史册页。她有佛的良善，有菩萨的慈悲心肠，也有女娲血脉里的母仪天下的因子。家本农家，国本浩浩的农业之国，细细梳理每一根现代化的链条，哪一本卷宗深处不写着绵绵农业带来的启迪与恩泽？

而我们是善忘的人。坐在手可及天的楼盘上，还在夸夸其谈理想与抱负、离经叛道的聪明，或暗度陈仓的蝇营狗苟，将土地像蛋糕一样切割、瓜分，据为己有；将大片大片的良田与山林一一摧毁，代之以污秽的斑驳与断裂的沟壑。

外祖母老了，老了的外祖母再也不能把我背在背上，驾驭着她简陋的老式机车，载我驶向一个又一个青青的家园之梦。她嘱托母亲，将织布机运到我们家里。

所以，少年时的我还能看见一卷卷织好的布匹，从滚筒上卸下来。靛蓝的家织布，像一片云在清澈的河水中洗涤，然后，和很多人家的悬挂在一起。这是母性乡村带给我们的温暖与从容，当母亲们站在老河滩上，看着我们在自己亲手编织的云彩里，穿梭长大，脸上绽出希望的花朵。像一架外祖母的老式织布机，停靠在花开似海的彼岸，春色满园。

黄豆酱：泥土封存的乡愁

　　豆是金灿灿的黄豆，在阳光下，在空气中炸开。母亲手中的连枷，像一条徒然伸长的手臂在空中挥舞。你能看见母亲脸上的微笑，能听见母亲沉重的喘息，能看见一颗颗豆大的汗珠，从母亲的脸上滑落，仿佛那些金灿灿的黄豆来自母亲奔忙乡间的身体。

　　连枷，田野深处跋涉而来的疲惫旅人，多年后，和锄钩、犁杖在仓房里孤单老去。阳光斑驳，透过山墙上小小的窗口，像是打开一扇通向久远时光的记忆之门。轻轻抚摸，连枷木质的纹理依然清晰，侧耳倾听，仿佛依然能听见母亲在秋日阳光下的喘息。

　　母亲捶完了豆子，手拄尘埃落定的连枷，满眼尽是喜悦地说："又能吃上黄豆酱了。"

　　是啊，亲亲的黄豆酱，有一股岁月沉淀的浓香，馥郁而悠远，沉默而绵长。金黄、赭红，有酱的浓情与黏稠，有母亲的慈爱与悲悯。

　　秋日的风已稍显冷硬，田野在荒芜的表象下沉沉入睡。为了这片土地，我们插秧种稻，播撒汗水与泪水，我们用一身的疲惫与憔悴换来丰盈的谷物。麦、稷、黍，当你亲手抚摸这些饱满的谷物，心中怎能不生出一番对时光、对土地深深的感佩。

　　夜色中的母亲，将筛选好的黄豆粒儿放在甑上蒸煮。

　　水是村口老井里的水，有千年的风霜，也有万年的清澈——白水牡丹，记得有人这样描述水沸时的样子，时光安详，于静静的时光中看一瓯白水漾起一圈一圈的波纹，像绽放的白牡丹，开放的花瓣稍纵即逝，而下一朵次第绽开。柴是大地上随处可见的柴草，樵夫的号子夹杂在细腻的纹理中，日月的光辉浸润在炽热的火焰里。不需要太多水，也不要将黄豆浸泡在水中，将用高粱皮编织的瓯盖盖好，呼呼的风箱就是一口老灶均匀的呼吸。

母亲在等，火光映红母亲的脸庞，也温暖了那些老去的时光。隔着用草木编织的瓯盖，仿佛听见大地之水，一滴一滴跌落于黄豆的金色幻梦。有时烈火的历练不过是为了走向朴素的内心，有时高压下的隐忍不过是为了看见一缕微渺的佛光，母亲的等待显得沉稳而漫长，宛若长夜里，化身成为一粒金色的黄豆，在灯火阑珊里守候。她在守望岁月赐予的莹润色泽，她在守望一家人平凡而朴素的暖，她将自己化作一盏摇曳的烛火，为我们照亮脚下的路。自己，一个人渐渐消失在星夜下的远方。

我还记得，夜半，母亲披衣而起，走到火光熄灭的灶台前。半小碗蒸熟的黄豆，撒几粒盐，是不可多得的美味；吃完，咂咂嘴，迷恋的豆香还未散去，于是还要。母亲往往会说适可而止，吃得太多容易胀肚。

晒豆，腌渍黄豆酱最好在腊月、正月。《齐民要术》中说，十二月、正月为上时，二月为中时，三月为下时。而地域不同，鲁西南的十一月才是腌渍黄豆酱最好的时节。干爽的西北风爬过院墙，拂下樗树上的最后一片落叶。抬望眼，长雁成阵，已向南飞。而接下来将是乡村漫长的青黄不接的日子。

不怕，因为有了黄豆，因为有了母亲，因为有了馥郁绵厚的黄豆酱，我们足以让枯燥的日子也变得莹润、有滋有味。

躺在瓯锅里蒸熟的黄豆，粒粒饱满，母亲在深夜中一次次翻抄，让每一粒黄豆都浸透了地脉深处的流水。这是一次无言的沟通与交流，也是一次完美的契合与重逢。接下来是一场一场的风，风吹动落叶，吹动远天的流云，吹散黄豆里的地脉之水，却吹不走血浓于水的那份泥土的深情。

　　陶罐在民间的舞台上总是适时登场。在乡间器皿中，最亲切的还是那些肚大口小的陶，它们沉默，沉默在屋檐下，沉默在不为人识岁月的角落。大的被叫作缸或者瓮，用来盛放粮食，除夕那天会贴上红红的"五谷丰登"或一个简约的"丰"字，以感谢静默的谷神。小的一排排放好，里面有母亲腌渍的酸菜、辣椒或一坛蒜茄子。而稍高的那个，青色的釉彩一抹到底，有流苏的气质，口子与底座同样大小，所以更显苗条与和谐，是盛放黄豆酱的专属器皿。陶罐放置在屋檐下，黄豆盛放在陶罐中。盐巴是必不可少的——我总以为只有盐才能撑起乡村的骨骼。我们在田野上劳作、在大地上耕耘，我们排出体内的汗水结晶为盐，飘落于风中。所以体格健硕的五爷说，没有女人能熬，离开酒肉能过，唯一不能缺少健壮筋骨的盐。乡下人生来粗手大脚、风风火火，是阳光赋予的秉性，是辣椒赋予的品格，一罐经年的黄豆酱，断不可缺少辣椒与盐的存在。吃一口香辣的黄豆酱，就爽到了骨子里；嚼一口硬邦邦的干粮，就挺直了脊梁。

　　而母亲天性慈善，秋日贮藏的西瓜，绿皮红瓤，捣碎了放进陶罐里，香辣之外又多了丝丝清甜。嘴唇轻轻一抿，仿佛掠过一阵田野上的风。

　　有时候，隔山隔水看不见远方的景色；有时候，隔水隔山我们却能看见远去的故乡。隔着浓密的夜，母亲前几日刚托人送来的一瓶黄豆酱摆放在案头，一直没舍得开启。隔着阒静的夜，依稀看见母亲在秋雨中来来去去，在萧瑟的风里将目光一次次投在用河泥封存的陶罐上。

　　多少年了，黄豆酱已经变成故乡的味道。多少年了，故乡已经化作一种酶，紧紧贴附在胃壁上。

　　我知道我有一副世间最简单而朴素的胃囊，是故乡、是母亲给出的定义。我看见母亲将雨中的陶罐遮盖好，以免雨水的浸泡而失去饱满的色泽——元气，蓦然惊觉，母亲说出的话语中深谙天地玄机。一直到拆开泥封，不能漏风，不能进雨，以免伤了黄豆酱的元气。哦，我这才恍然大悟，原来那么多年，母亲就像一只安之若素的陶罐，在守护着我们，不失为人的天真与元气。

　　轻轻启开陶罐上的封泥，轻轻打开尘封已久的记忆。一缕故乡黄豆酱的气息，像一抹浓浓的乡愁，牵引我们踏上回家的路。

泥火盆：供养火焰的图腾

　　北方冷，过了十月，西北风越过田野，漫过河床，一丝丝渗入村庄的空隙。倚靠在土墙根下晒太阳的老兄老弟，抖着膀子，抄着袖口，咳咳，咳嗽了几嗓子，想找个更暖和的地儿，接替土墙根下温暖的时光。

　　泥火盆，乡下土头土脑的家伙。村东有座土窑，过了霜降熄了火，在烂瓦片里扒拉几下，或许就有新发现。烧得不够火候的土盆儿，正好拿来当作泥火盆。木匠爷家开着棺材铺子，每日里叮叮当当，敲敲打打，把大树锯成厚重的木板，把木板架在文火上烘烤，把烘干的木板围钉在一起，就成了一口黑漆棺材。木匠爷说："这人老了，手脚越来越不好使唤，你们这几个老棺材瓢子就别添乱了，多活一天算一天，让我也清闲几天。"说着，喊官儿和才儿，捡劈柴，架火。官儿和才儿，和我年纪差不多，一人抱一抱劈柴块儿投入盆中，泥火盆里刹那升起腾腾的火焰。

　　一只泥火盆是一个尚未开化的俗世凡胎，样子木讷，却心眼厚实。泥火盆放在堂屋的中间，地儿比较大，转圈能围八九人。松木，看上去还未干透，一经点燃，细细的木纹里直冒松油，好闻的松香味儿在火焰里打了一个回旋，钻入鼻孔，使人忍不住往前凑凑，怕可惜了这么好闻的味道。梧桐木，典型的温柔细腻，薄薄的木板能凑成一副呱嗒板儿。

我、官儿和才儿，在院子里把一口黑漆棺材当成戏台子，每人一副呱嗒板儿，学西乡唱坠子书的刘瞎子，唱《穆桂英挂帅》："辕门外三声炮如同雷震，天波府里走出来我保国臣，头戴金冠压双鬓……斗大的穆字震乾坤。"可桐木板丢进泥火盆，转瞬便化成缕缕升腾的火焰，噼啪裂开的声音，像俞伯牙甩掉那把心爱的焦尾桐琴。

总之，一入冬，田野上变得空空荡荡，偶尔飞过一只落伍的大雁，凄厉的叫声划破沉寂的原野，让人心生一股凉意。好吧，马放南山。好吧，刀枪入库。好吧，点燃一只泥火盆里的柴火，袅袅升腾的烟雾，瞬间填补了每一个清冷的空隙。

我家也有一只泥火盆，而且它的成色较好。那时候，年轻的二哥还没下关东，就在村东的土窑上干活。泥是老河滩上的泥，胶泥，赭红，坚硬，经过无数次摔打、踩踏，性格渐变为柔和。将一团柔软的泥巴放在木制的转盘上，二哥全神贯注，双手像手捧一朵即将绽放的花蕾。转盘在旋转，手中的泥巴开出土黄色的花瓣，一条条粗粝的纹路，像时间流逝的痕迹，从此烙印在一只泥火盆上。放在土窑里烧炼的泥火盆，不能太靠近火焰的上方。二哥特意将它放在一处不起眼的烟孔里。泥火盆不言不语，不言不语的泥火盆并不会像别的土盆那样烧出光滑的釉彩。其实，打扮得再怎么光鲜有什么用呢？一只火候够足的盆子，从来不是做泥火盆的好料子，柴火刚刚燃起，只听见"啪"的一声，从盆底儿裂到了盆沿儿。

有时候我想，是不是还有未被现代文明侵蚀的村庄？在这个简陋的村子里，人的憨厚与纯良，恰如一只刚刚为火焰启蒙的泥火盆。它的纹理尚显粗糙，它的釉彩也不华丽，它的禀性虽木讷但保有人性最初的真挚与坦诚。它的眼神，恰如深山里的一泓泉水，清冽见底，能洞见一个人单纯透明的灵魂。

木匠爷家的泥火盆燃起来了，官儿和才儿在另一只小小的泥火盆前做作业。灯光摇曳，人声沸腾，却不能阻止两个小人儿内心静静燃烧的火焰。曾经，木匠爷问官儿："小子，长大了弄啥？"官儿想也没想，捏着鼻子学《七品芝麻官》里的蛤蟆腔说："锣鼓喧天齐把道喊，青纱轿里坐着我七品官。"木匠爷问才儿："小子，长大了弄啥？"才儿一甩后脑勺上的八岁毛说："长大了我要挣钱，挣很多很多钱，以后咱家的棺材就不用装死人了，只装钱。"

木匠爷笑了，他扒拉一下泥火盆里的木头，泥火盆里腾地升起彤彤的火光。是啊，贫穷的村庄，从来就不缺乏梦想，只因我们的祖祖辈辈生活在一片如此贫瘠的土地上，才更加希望明天的日子红红火火，才更加期盼沉默的泥土能结出饱满的谷物。

下雪了，羽毛一样的雪花飘飘洒洒，给入冬的麦子盖上暖被，让它们迎来一个又一个黄澄澄的梦境。雪落在草垛上，不会漂泊的草垛只能作为留守的老人，蹲守在家园的角落。雪落在屋檐上，屋檐下的麻雀禁不住向里缩了又缩，在一个落雪的夜晚，作为乡村的守望者，麻雀只能靠一个接一个琐碎的梦之碎片，度过凛寒的光阴。

而泥火盆在乡村的老屋里，依旧在燃烧希望和梦想。

腾腾的火光下，映红庄稼汉子憨厚的脸庞。这些乡村汉子，斟满烈酒，脱下棉衣，暴露的青筋像蚯蚓一样，在脸上、脖子上和手背上蠕动，宛若在体内点燃一团熊熊燃烧的野火。他们说收成，说木匠爷家的官儿和才儿真争气，终于跳出了农门。说不定，木匠爷手下的棺材，真的给这片土地上的子孙，送走了苦难与绝望，带来了希望和喜气。

腾腾的火光下，泥火盆里仿佛闪过母亲慈祥的脸。在一个又一个漫长的寒夜里，乡下的母亲，从来不舍得虚度光阴。泥火盆熄灭了焰火，还有温暖的火光余烬，母亲纺线、织布、缝补衣衫。我还记得小时候，母亲将一只火焰熄灭的泥火盆放在床上，用一个杞柳筐罩住，再把棉被盖在上面，被窝里就烘烤得满是融融的暖意。我还记得，泥火盆中一会儿变出一个热腾腾的烤红薯，一会儿变出一小捧香喷喷的黄豆粒儿。我还记得母亲说，别看一只泥火盆土头土脑、傻里傻气，离了它，乡下的冬日将会变得漫长、冰冷、寒凉。

　　如今的乡下，很难再见到一只憨厚的泥火盆。而那些腾腾升起的火焰将作为一种图腾，烙印在乡村质朴的纹理中。翻开时间的册页，火焰升腾的地方是我们的来处；火焰升腾的远方，将是我们温暖的归宿。

——第二辑 乡土：——

每一滴血，每一滴泪，养育远行的孩子

香附子的纠缠

香附子是乡间的一种杂草，村子里少见，大都生长在田间，与庄稼为伍，和大地相亲。有时候，我会想香附子是多么狡黠，躲开了羊的巡视，也躲开了鸡鸭的觊觎，藏身于田间，自生自长，毫不留情地跟庄稼争夺着方寸之地。当然，更不在意我来去的脚步，于夏日炎炎中，苗壮地生长，快速地繁衍。尽管我曾经站在田埂子上一万次声明："这是我的土地！"它总是毫不退却。

"尖尖核子"是香附子的土名，就跟"黑蛋""石头"和"狗子"一样，随口一叫，便不显得陌生。初识，缘于儿时的天空。那时土地还贫瘠，但香附子却一点也不嫌弃贫瘠的土地。于某一个夏日的风雨之后，悄悄地探出头来，或许是窝了一冬又藏了一春，它的骨子里躁动着拔节的冲动。一天，香附子破土而出，三棱锥形的芽尖像一把小小的刮刀，刺透了大地的胸膛，嫩黄着，新奇着，并不显现出对烈日的丝毫胆怯。两天，三棱锥形的芽尖开始张开，每一片尖利的叶子向各个方位伸展，留一个芽尖，继续生长，像一把战戟，妄想穿透这夏日的天空。不出几天，到处是香附子袅娜的身影。有的从夏玉米的根缝里钻出，有的从沉重的土块下钻出，有的竟穿破一张刚蜕下来的蛇皮，葳葳蕤蕤，喧喧闹闹，成了田野的主角。营养不良的庄稼苗们，叹着气，无奈地蔫巴着，几乎停止了生长的步伐。

父亲来了，黝黑的皮肤在烈日下暴露着青筋，像蚯蚓，一直不安地蠕动。"这狗日的尖尖核子！"父亲硬邦邦地丢下一句话，转回身取来了锄头，哥也有，姐也有，当然我的小一点、轻一点，现在想大概有土戏台子上挥着的马鞭那么重。听不见厮杀，每个人都睁大了眼睛，目标是丛生的杂草，包括那些已经连成一片的香附子，它们脆生生地倒下，不一会儿便被烈日烤焦。烤焦的还有每个人的皮肤。我坐在院子里的大槐树下，母亲用汲上来的冷水，心疼地敷在我身上一个个豆大的水疱上。

我说过，香附子是狡黠的。不像春天里的婆婆丁，也不像一株株孤单的马齿苋，"狗有十条命"，香附子应该有一百条命。今天斩断了茎，明天又露出了芽；稍用力，斩断了根须，下面还有一颗核，核不大，这肯定是哪位中药老祖发掘的功效。我只知道那核有子宫的能量，若无打扰，不出几天，核上的每一个触角都会钻出地面，又一次用草的喧哗向你展示——我是草中的王者！

但终究是伏天，庄稼也不是当初弱不禁风的样子，它们扯着手，连着根，阻挡着通向香附子的阳光、雨露和风。此时，香附子有些灰心丧气，纤细的茎叶在时光的背影里有些孱弱。但它们不气馁，同样纤细的主茎上擎起一朵朵美丽的小花，无数籽实在风中摇落，瞬间隐藏在空旷的岁月里，积蓄着来年夏日绵延的能力。

村子活了多少年，就和香附子战斗了多少年；祖先活了多少年，就跟香附子拼争了多少年。我无数次走进田间，夏日，香附子以笋的速度生长着。远远看，像一条魔法绿毯，无限延伸，渗透了每寸土地；走过去，柔软的茎须牵绊着双脚，让你不能忽视它的存在。锄头磨钝了很多把，爹娘在和香附子的纠缠中花白了头发。直到今天，当我迎着烈烈的日头，再一次站在田间，分明听见了香附子哧哧的笑声。它们抓紧了我的土地，侵犯着我的村庄，让我和我的乡亲们一刻不得闲娱，只为夺取那些生命必需的粮食。

我将要喷洒一种药剂，名字叫"克附星"或"香附一扫光"，不过还是没有把握。在那些明晃晃的锄头倒下的时候，我隐隐感觉到了草的威慑。庄稼曾经是它们中的一员，从远古一起走来，却分道扬镳。因为有了我们，有了挑剔的人类和生长着炊烟的村庄，促使它们不得不在疼痛中一次次思考着自己的未来。向生，只要有风雨阳光，就不会停止生长的步伐。也许，它们藐视过集万千宠爱于一身的庄稼的风光；也许，它们在一个滂沱的夜里曾经相拥而泣；也许，无数次被割裂的伤已成了一种习惯，总能在晨曦微露时，第一个顶着露珠向生命进发……而我，还是背起了盛满农药的喷雾器，开始向生命扫射。它们并不卑微，每一株香附子都会挺立着胸膛，站着死去。

这样的"屠杀"不是第一次了，我曾经亲眼见过它们走向死亡的模样。袅娜的叶子开始由绿变黄，无力地摇曳在夏日的风中。曾经脆生生的茎像被剧毒侵蚀过的喉管，渐渐发黑。那些根呢？曾经牵牵连连、相互牵念、彼此依靠的根系，终于停止了呼吸。指尖轻弹，便会消逝在乡野的风尘中。一颗核，一颗香附子的核，散发着药香走进我的梦里。我似乎看见了颤抖，但绝对没有哭泣。它急剧地膨胀，紫黑着面庞，而后，化作一缕青烟，味辛，微甘苦，滑进我装着五谷杂粮的胸膛。

夏苗还是长起来了，青纱帐里都是拔节的声音，有庄稼的，有狗尾草的，有马齿苋的。当然，最多的还是香附子柔软的歌唱。它没有死去，在村庄死之前，在土地死之前，在农人死之前，它不会轻易死去。你莫要佩服它，它不过是草。你也莫要歌唱它，它不过是一缕青绿。可你却要和它战斗，用简单的思维和它辩论生存的最高法则。而后，和它厮守终老。

我大概看见我的暮年了，依在庄稼旁和香附子诉说这一生的你来我往。香附子依然狡黠地说："走吧，站着死去，我们不是生生世世的敌人，是兄弟。"而我呢？还会在某个夏日里警醒，紧握生命的锄头，以子孙的面容与之交锋。村子里还会有炊烟升起，飘起"味辛，微甘苦"的味道，弥漫千年。

菁菁芦苇坡

芦苇坡是村子以外的风景，不远不近，荡漾在一条弯曲的小河滩上。小河是静静流过村前的唯一一条河，那么多的时光，从远方旖旎而来，又旖旎而去，有时说着话，有时唱着歌，有时又默默无语。只在流经芦苇坡的时候，让人眼前一亮——呀！在厚厚的平原上，还从来没见过如此美丽的风景。

那时应该是夏天，丛生的芦苇穿过黑黝黝的河泥，在清水里涤了一下眼睛，就水灵灵地长在了河面上。一株，两株，无数株连在了一起，像一个墨绿的云团，在小河里飘摇、荡漾，却怎么也不肯离去。也许，娘嫁过来的时候，也是这个季节吧。刚刚擦去泪花的脸上还是离别的忧伤，娘不知道，下一个村子在什么地方，滴滴答答的唢呐也不知道，将要把一个花样的女孩儿送到什么地方。只是，当他们一起沿着弯弯曲曲的小河，一路走来，听见了水鸟的歌唱，看见了墨绿色云团，他们惊讶、惶惑，擦了擦眼睛，在这片偌大的芦苇坡前驻足。

我常常想，年轻的娘该破涕为笑了吧，即便眼前的道路依然弯弯曲曲，却邂逅了一片美丽的风景——那些新生的刚刺破水面的芦芽，嫩嫩尖尖，像少女柔嫩的手；那些已然长成少女模样的芦苇，叶面上还有细细的绒毛，在悠悠的河风里羞怯，始终注视着远方。

唢呐继续吹，河水悠悠流淌，太多的沧桑、泪水和欢歌都在小河里流过。坡上的树依然青，坡下的草依然绿，一只会歌唱的水鸟，可能是翠鸟，也可能是百灵，从来都没忘记歌唱，在芦苇丛中安家，时而掠过水面，沾湿轻灵的羽衣，时而躲藏在安静的芦苇丛里，耳鬓厮磨着简单的日子。

是真的，我打从记事起就开始打问自己的来处，到底是来自一片寂静的旷野，还是来自村前的河道。空荡荡的原野，一片荒芜，被收割了的庄稼地里到处是游逛的野风。无论如何，我都不会相信那里有我传来的第一声啼哭——要是也是在河道里。或是从弯弯曲曲的小河里漂来一个小小的木盆，鱼在水底游，水鸟在天上飞，一个小小的生命躺在散发着槐花香气的木盆里，晃晃悠悠，从一个不知名的地方而来；也许就出生在那片夏日的芦苇丛中，那么多的芦苇簇拥着，窃窃私语，它们以为是天上飘落的一片叶，安安静静地睡在草丛中；以为是某个粗心大意的水鸟妈妈在秋天遗落的一枚蛋，在村子以外的芦苇坡里悄悄破壳。

我总是太爱幻想，很多时候赶着一群羊走着走着就迷失在时光的深处。河道里满坡的野雏菊在春天开放，大片大片的星星草眨巴着眼睛。羊们也迷了路，走着走着就走到了天上，幻化成一朵朵洁白的云彩，在蓝天上徜徉，在小河里流荡，在我小小的梦里，变成娘温暖的怀抱，四季飘散着乳香。

后来，我走进那片墨绿的云团里。芦苇坡里的春意正浓，几条不知名的小虫爬来爬去；鸟把巢窠筑在芦苇上，它们不知从何方衔来的乱丝麻团，把家紧紧地拴住——涨水了，也不会失去家园；几尾有红色鳞光的鱼，在一些芦芽间穿梭，时光静谧，潺潺流淌的不过是一些温暖的思绪……

芦苇坡不老，岁月不老。

——娘却老了。

娘从芦苇坡那头走进的时候，还是一个散发着青春气息的女孩儿，走出芦苇坡，却已经沧桑了容颜。她的孩子长大了，不管是从野地里捡来的，还是从弯弯曲曲的小河里漂来的，都已经长大成人。那些长大的孩子有着黝黑的肌肤、红红的脸，有着黄土地一样坚实的大脚板。最后，一个个从芦苇丛中飞出，像一只只翅膀长硬的鸟，再也不贪恋曾经温暖的家园。

夜色朦胧，娘的神情无比专注，一片芦苇坡，荡漾在岁月的深处，也飘摇在一个人的思绪里。人生啊，到底是像走进芦苇坡再走出来那样短暂，还是像小河分分秒秒无休止地穿越那么长？没有人知道答案，但分明又走进了时光的另一个秋天。

秋天，天高云淡，村子里来来往往的脚步止不住我对芦苇坡的思念。村庄，芦苇坡，到底哪一个才是灵魂的家园？

父亲就这样在一个秋天走了。那时的芦荻更长，那时的芦芽更短，娘最后一次提着一土篮芦根走进村子里的家时，却再也不能唤醒那个将她从芦苇坡里迎娶进村的男人。芦根水，暗红色，透着岁月的底色，有些甜，有些暖，也有些许苦涩——那是疗爱的偏方。我常在夜色中听到的一声声咳，我常在田埂上听到的一声声喘，都被娘煮的芦根水一点点驱散，杳无踪迹。

——但终究未能留住父亲离去的脚步。

满眼翻飞的芦苇坡，一株株芦荻在风中飘扬，像云，像思念，或像梦里永存的记忆。

芦笛响起来了。是我赤脚行走在少年时的那片芦苇坡上，一双寻觅的眼，寻寻觅觅，痴想从岁月这头望到岁月那头，看娘牵我的手从芦苇的深处穿越，看娘跟着父亲的脚步从芦苇丛中一起走过。而我的芦笛不见了，那些悠扬的音符散落在时光的河岸，无法打捞。

是娘带着她的羊群走来了，蹒跚的脚步，花白的头发，洁白的羊群，再次飘荡在弯弯曲曲的小河里。小河里的水清清浅浅，能看见云的模样，也能照见一个人的往昔。或者说，小河里的水流淌着一种思绪，从遥远的远方而来，只为相遇满坡菁菁的芦苇。

而我，也只能把自己当作一个孩子，村庄或大地的孩子，把脚步敲响在季节的轮回中，才能从时光这头眺望岁月那头，才能从芦苇坡的这头走到芦苇坡的那头，拨开人生的迷雾，邂逅一缕花香，聆听一段鸟语，抑或读懂一个芦苇坡的前世今生。

——有天空，有大地，有河流，有母亲，才有轻柔的呼吸，才有一个菁菁的芦苇坡，在尘世里相遇。那是爱的原乡。

稻草人的信仰

　　一个稻草人怎么会有信仰呢？

　　你看它傻傻的样子，站在庄稼地里，腿细得像麻秆，金鸡独立地远眺，并不能看到自己的未来。身上破旧的衣衫，是流浪汉晕三来村里小住后丢下的。后来晕三换上李婆婆连缀的花衣裳，唱着小调，提溜着酒瓶子，继续流浪他乡。稻草人的头上顶着一个破草帽，麦秆编织的轮廓已所剩无几，只剩下瓜皮样的圆顶子罩在头上，既看不清脸，也不能感知到它无奈与忧伤的目光。

　　我见过稻草人的身体，顾名思义，无非用稻草、麦秸、乱麻团之类的东西，捆捆绑绑，填满了胸膛，才能让这样一个滑稽的家伙，傲然挺立在庄稼地里。长满田野的庄稼不管它，甚至把它当成了一个坐标，经度多少，纬度多少，跑得再远也能辨清回家的方向；泥土里生活的蚯蚓不管它，吃的是土，拉的是泥，只不过把泥土的无形化作有形，稍微松一松居住多年的土地。一只扁担鸟在远处，吱呀吱呀地叫，像挑满了肩的扁担，声音有些压抑也有一点悠远。至于田鼠与稻草人有没有关系呢，也许稻草人自己并不知道。但稻草人却很清醒，当空旷的老河滩上空无一人，寂寞重重地包围，稻草人站得再高有什么用呢——眼前的这些真实的面孔，才是稻草人真正的朋友。

　　一个稻草人的出生，对于乡村或者土地都不会有太多的惊喜。哪像老光棍马三，五月刚从外地领回来的媳妇，十月就欢喜着生了个大胖小子。一万头的炮仗挂在村头，人们在满腹狐疑之后，依然风卷残云地享受着流水的席面。两根小木棍，一短一长，短的是胳膊与肩膀，长的是脊梁骨和腿，然后，用一把经年的稻草，填充为胸膛。红布条、蓝布条、黑布条、花布条，裹裹缠缠，捆捆绑绑，终于让稻草人有了人的模样。

我在旁边看，滴溜着眼珠子问父亲，稻草人会不会在夜里去哪村看戏，单腿跳呀跳，能不能准时回到庄稼地里。父亲沉默不语，中风后的肢体一点也不灵便，他用脚踩着稻草人的肩，一只手很费劲地系上最后一根布条。然后扛着它，像某部黑白影片里卖艺的弄幡人——当然，父亲没那么大本事，不能旋转，也不能将稻草人从一个肩膀倒腾到另一个肩膀。父亲一瘸一拐地来到庄稼地里，一群麻雀轰然飞走，躲进旁边的小树林里。是惶恐？是抱怨？不得而知。反正那天的麻雀聒噪了很久，我和父亲把稻草人留在田里，回家时还一步三回头，看麻雀们是否被吓破了胆子。

若要找个比喻，站在庄稼地里的稻草人肯定像个十字架。背后是一望无际的老河滩，老河滩上长满了能养活人也能使畜禽繁衍的庄稼，一轮朝阳或落日，通红而充满幻象——是不是有点天国的模样？那么，哪里才是天国呢？村子里的人无限憧憬过、祈祷过，不知有没有人真的会在死后抵达——有挂满玛瑙样的葡萄架，有结满鲜红诱人果实的苹果树，抑或还有一条狡猾的蛇，它有两颗头颅，一边代表真实，一边代表谎言，为一个个赎罪的灵魂引路。

我的脚步在老河滩上来来回回，收了种，种了收，也在很多时候和稻草人相遇。我问："稻草人，你冷不冷？"稻草人的神情依旧，头上是蓝蓝的天；我问："稻草人，站了那么久，你累不累？"稻草人似乎连个手势也不肯伸，破旧的衣衫任野风呼呼地吹，脚下是沉沉的地；我还想问："稻草人，你觉不觉得孤单？偌大的老河滩，最后只剩下你一个人看守。"仿佛，稻草人的眼角有泪，轻抚，却流经我黑黑的面颊。

　　稻草人怎么可能没有信仰呢？

　　时光在老河滩上流过了多少年，已无从查证。老河滩上收获了多少丰腴与贫瘠，也没留下什么翔实的记录。还有老河滩上的人，走了，来了，来了，走了，无论多远，总不会忘记这片沉寂的土地。

　　这些，稻草人看着呢。春天不来，冬天离去，稻草人在芒种与秋收之前总能尽职尽责地站在庄稼地里。

　　那金黄的，是母亲撒下的麦子，尖尖的芒刺上滚落一颗又一颗晶莹的露珠。稻草人也在清晨苏醒，破草帽上被露水打湿的痕迹，很快消失在风里。一只野鸡，从老河滩上的沙柳丛里飞出，漂亮的羽翼在朝阳下熠熠生辉，这个自由的灵魂，不知什么时候入驻这里，给我的少年时光扎上希望与梦想的翅膀，梦想过高飞或翱翔。

　　——哪怕是一生一次，也不会有稻草人的落寞与忧伤。

　　落寞了吗？感伤了吗？稻草人有时只不过睁一只眼、闭一只眼，眼看着在老河滩上飞过的鸟儿自由落地。驱赶，那是风的恶作剧。长长的衣衫一挥，便会扑扇起无数双翅膀——我喜欢这些翅膀飞翔的样子。比如鹰，在阳光下伸展宽大的翼翅，风在脚下，云在头顶，盘旋的目光，锐利而清醒，绝不放过田野里的每一丝动静。哪怕是啄木鸟，虽然只是路过，像梭子一样快速地伏在一棵梧桐树树干上，笃笃，笃笃，向稻草人澄清自己并没偷过一粒粮食，自己不过是一个乡村蹩脚的赤脚医生。还有鹧鸪或鸽子，我有时会分辨不清它们的模样。怕是鸽子更优雅一些吧，它高高飞翔，洁净地掠过麦田的上空，日暮，朝向炊烟升起的地方；鹧鸪就稍显庸俗了一些，辛苦地躲过稻草人锐利的目光，捡拾些遗落的粮食或一只藏在叶子下的菜青虫，回家，哺育那些身在乡下的儿女。

　　田四爷是老河滩上最倔强的汉子。早年随了远去西乡参加工作的二哥，却又孤身返回。田四爷说，那里的风紧啊，在干涸的土地上种下粮食，能让人把眼睛生生盼出血来。于是，他卷起铺盖回到老河滩上——

哪怕跟四奶从此隔断了消息。

田四爷种地，人工除草，只施农家肥，很多年后，别人开始使用轰轰作响的拖拉机耕地，田四爷依然套着一头忠实的老黄牛，哦哦——驾驾。有人笑，说四爷上辈子肯定是个富得流油的阔少爷，这辈子罚了当牛马。田四爷不答，拿一锅旱烟叶，坐在老碾子上，吧嗒吧嗒，抽了几口，那形象，活脱脱一个木讷的稻草人。

可谁种出来的五谷有四爷种出来的五谷香呢？那些没有激素的粮食在阳光下显得更饱满，像四爷的脸，八十好几的人了，红红润润，愣是看不出几丝皱纹。东家来换，西家来换，有时候还是自自然然的味道更香甜。

我在去年的秋天回家，种了一辈子地的四爷忽然死去。有人说他就倒在自己亲手扎制的稻草人旁边，表情从容，神色安详。

我去了老河滩，很远就看见四爷扎的稻草人，它穿着通红的衣衫。一片谷子地，沉甸甸的穗头压弯了谷子的腰，像在痛苦地回忆一些往事，四周很静，素常总是聒噪的麻雀，此时在小树林里静默不语。稻草人——四爷，或者其他人很敬畏的神，尽管沉默了好久，就这样昂首挺胸地站在庄稼地里。

还要问吗，稻草人到底有没有信仰。一个没有信仰的人，怎能如此坚贞地与土地不离不弃？

我的村庄就在近处，我的老河滩就在脚下。一个稻草人，像我忠厚的兄弟或先人，就这样伫立良久，不思考，不宣誓，甚至都不会行走。脚踩地，头顶天，写下一个大大的"人"字，根植于悲悲喜喜的民间。

只为心中的粮食。

胞　　衣

　　在村庄的周围，很容易就能看见那些东西，它们挂在歪脖子柳树上，像一面忘记飘拂的旗帜。是的，它们当得起生命的旗帜这个称谓，阴阳交互，当一个生命与另一个生命春情勃发，拨动了繁衍种族的那根神经，就会完成世间最为神圣的仪式。

　　它们是乡间牲灵的胞衣。

　　暗红色的灯光下，母亲早早吃过了午饭守候在羊圈里。冬天了，老屋外大风呼呼地刮个不停，母亲把捡来的柴火堆架在一起，点燃。火光与温暖霎时充溢了整个羊圈。好奇的我问母亲："羊羔什么时候出来？是不是每一只都有可爱的卷毛？是青色的还是一出来就有几块黑色的毛皮杂花交错在可爱的小羊羔身上？"母亲总是沉默不语，把秋季收获后晒干贮藏的萝卜缨子拿出来，放在母羊的唇边，然后用刀砍一截椿木棍儿，攥在手里。

　　没有钟表在墙上嘀嗒行走，在这个破旧的家里，我们从来就以太阳为准绳，准确无误地分割着一天的光阴。

　　窗外的风依然很紧，偶尔会夹杂着几片雪花，从高高的天窗飘落，落在火堆上空，瞬间消逝了身影。母亲也不会再催促我赶紧睡去，她一边撩弄着旺旺的火堆，一面抚摸着母羊的脊背，那情形，像在无微不至地照顾自己的儿女。我想象不出，当生命在母体中孕育的时候，到底是一种什么情形，除了红红的血液通过维系生命的脐带，源源不断地提供着养分，剩下的都包裹在一片无形的混沌里。或许有过细微的呼唤，要不你看母山羊的耳朵灵敏地竖了起来，好像听见了腹中胎儿的呢喃；或许有过最原始的触摸，当懵懂无知的羔羊和兄弟或姐妹争执着谁先出来，母山羊的眼神就显得有些惊慌失措。

这时候，母亲撬开母山羊的嘴，把椿树棍儿放了进去，尽管母山羊挣扎了几下，最后还是紧紧地含住。萝卜缨子在乡间是牛羊的催奶剂，母亲总是在秋天割来，风干，然后贮藏在一起，在羊临盆前的四五天里，适当饲喂。这样，刚下生的小羊羔们就有了哗哗流淌的奶水，为它们提供生命必需的营养。

在那些贫苦的日子里，母亲总共生育了我们兄弟姐妹七个，她到底怎样积蓄了丰沛的奶水，以安慰我们嗷嗷待哺的时光？无法想象，我真的无法想象出母亲到底经受了多少苦难，熬干了自己的青春，最终换来我们健硕的躯体。母体、母亲一样的乡村啊，是我一生的居所。

记忆里，母亲接生羔羊从未出现过什么差池。当窗外的风渐渐停了下来，雪花已经覆盖了整个村庄，刚刚生出三只或两只羊羔的母羊此时疲惫至极，母亲抱了一些麦草放在母羊的身子底下。被剪断脐带的羔羊们已经尝试着站起身来，它们在寻找母亲，它们在寻找一脉奶水的浓香，它们的姿势虔诚而纯净。

当晚，母亲会叮嘱我："明天把羊的胞衣挂在一个高高的树杈上，不要让馋嘴的野狗看到，这样，家里的羊就会平安繁衍下去。"我相信，母亲在说这话的时候极度虔诚，仿佛村子里所有的生命都与天地紧密联结在一起，也许有一根无形的脐带吧，岁岁年年向村庄输送着不竭的爱怜。

走在村庄熟悉的脉络里，尽管在夜色中，我依然能清晰分辨回家的路。

此时也是冬天，公鸡们预报更次的声音渐渐消失，狗们也把吠声藏进梦里。在这座村子里，我曾爬过谁家的墙头，打过谁家的大红枣儿，岁月没有留下一丝痕迹；而我的记忆是一根岁月的青藤，越是风霜披满了双肩，每一个细节越是会在刹那浮现。

我问母亲，自己出生时是不是也有一件带血的胞衣，被挂在村子里的某棵树上。母亲说，不是，男儿的胞衣往往被深埋在房梁的正下方，有栋梁之意。我这才恍然大悟，哪一个母亲不渴望儿子成为家里的栋梁，可以耕耘日月，可以播种星辰，可以披挂一身霜雪上路，让母亲守望的家园日月昌盛。

内心的温暖在上升，眼神中的清晰渐渐朦胧。或许，在今夜，我正感知到岁月最初的萌动，轻轻走进一件容纳万物的胞衣里，血液与村庄交互，神经与大地相连，骨骼或肉体一次次无意的触碰，让母亲幸福地战栗。

乡村，是我永远的胞衣，即使被岁月风干，不变的，是你母亲般慈祥的容颜。

总有一些日子叫空旷

刚开始，秋天是喧闹的，金黄的玉米、洁白的棉絮、硕大的地瓜，以各种色彩和形状装点着秋天的田野。每个人都很忙。这忙是等来的，也是盼来的，穿越春的惊蛰，穿越夏的滂沱，忙手忙脚把收成归拢起来，挂在山墙上，或圈进围囤里，静静等待冬雪的降临。

我也很忙，无论秕瘪还是饱满，都会是我的期待。这种心情庄稼知道，每次站在田埂子上，总希望拔节的声音再清晰一些，再响亮一些。光有爱是徒劳的，即便一日三焚香也不能感动上苍。所以，我把土杂肥运了出来。它们是秸秆和人畜粪便的混合物，曾经作为粮食被消化，然后积蓄着最后的热能，重返田地，刺激着庄稼的每一根神经。我还浇过水。土地很饥渴，像人大热天从脚手架上下来，身体需要一些清凉的补充。我喜欢听土地喝水的声音，滋滋，滋滋，大概像醉鬼三爷，抱了一瓶子老白干，从蒜地里顺手揪下一根蒜薹，顺势把自己灌醉在地头的麦秸垛旁，流着哈喇子做梦。

秋风不用预约，从西北吹来，干枯的草茎和金黄的叶子被赶来赶去。有的被刮进了一片洼地，纠缠在一起，再不能飞翔。有的直刺着冲进小河里，晃晃悠悠去了远方。远方是哪里？没人知道。到后来，秋风又钻进了我的脖颈子、裤腿和袖口，最后汇合在一起，告诉我秋真的来了。是深秋。

深秋的乡村几无景可看。天更高了，没边没沿；云更淡了，袅如青烟；叶子都落了，在风里打着回旋，与另一片叶子互诉着遗憾。我该站在哪里呢？粮食都静静地停泊在院子里或被封进了围囤。燕子们走了，剩下一个空空的巢窠挂在屋檐上，一只壁虎慌忙地爬了进去，仿佛寻找到了一种温暖。院子里的树也落尽了叶子，直挺挺地高出了房檐许多。麻雀是不走的，叽叽喳喳地聒噪着，商量着从谁家窃一些可以越冬的粮食。

门被风一吹就开，灌进来些风，也放出去我的脚步。是啊，没有什么季节比现在更让人轻松。不用忙着播种、浇灌和收获，力气都出走了，人如空壳般飘着荡着，来到了庄稼地。甜霜苦霜也不知下了几回，草们也落败了，或者叫沉睡，近处远处，只剩下一片空旷的原野。

按说，收获了应该满满的都是喜悦，可粮食不能陪人说说话，也不能唱俚俗的酸曲。除了粮食，大约还有更重要的事情吧？我这样想着，却寻不到答案。身子轻飘飘，步子轻飘飘，连同能听能看也能勾三股四玄五的头颅，也跟着化成了虚无。风霜都来了，所有深秋的表征已显露无遗，还有谁会走出来，在这空旷的田野里打听消息呢？

秋雾散开了些，有人赶着羊从洼地里上来。羊们大都没低下头——草已经枯萎了，它们机械或自如地走着，茫然的目光投向岁月的深处。有拾粪的，应该是个老汉，佝偻着腰，尽管一切事物都已无处躲藏，他的腰还是躬了下来。是为了让粪箕子老老实实地挂在肩上，也是为了不错过他要寻觅的东西。我不知道自己的老年会是什么样子，但村子里总有很多人成了老汉的模样。我踏着秋风，撩开晨雾，把风霜踩在脚下，追寻着别人的，或自己的脚步。

是了，我记得那个时候我还年轻，年轻人的脚步可以走得更远。我却没有，村子挽住了我的双脚，庄稼诱惑我走进田野的深处。没有什么值得抱怨，芸芸众生都有自己的来路或归途。娘说："该种时种，该收时收，人就有股子活泛劲儿。"我接过犁杖或锄头上了路，和那些庄稼成了亲人，听风在它们中间沙沙穿行，看它们在滴滴答答的雨中接受洗礼，和每一片叶子成了至交。我知道，它们不会欺骗我，不会像外头的风雨雷电，陌生，近乎无情。

可庄稼还是走了，剩下一地空旷给我。所以我有些茫然，面对岁月的留白，不知怎么去填充。

需要填充吗？记忆里浮现出一幅浅淡的水墨画。村子和树木在墨色里隐藏，薄薄的雨雾斜织着散乱的飞白，还有一些白，空无一物。我想，不会是遗忘吧，试图粘贴上一些生动的事物。当然，你会知道结果，那想法多么愚蠢可笑。就如一个清丽的女子，忽然点了胭脂，让人觉得莫名其妙。

我的水墨黑白渐渐被定格，在那个秋天的清晨或黄昏。什么时辰并不重要，日头在东在西都是一个圆圆的饼，没有光芒，也没有热度。但能量是不可或缺的，尽管不能描绘。就长成一棵树吧，一棵落叶的树，在村子的前面张望一地的空旷。我是不需要的，只需将浅浅的身影斜在画上，可以向东，也可以向西，在空旷的田野上四处游走。别人也可以出现，毕竟村子里不止我一个人居住。娘端坐在门前的老槐树下，拢一下花白的头发，望着我归来或远去的方向。村前的那条小河不可以没有水，几只鸭子扑棱着从弯曲的河岸爬上来。这是我多年前见过的一幅水墨画。在深秋。

人有时很容易走进一些空旷的岁月，不是无奈，也没有被强迫。当你真的站在一片空旷之中，千万不要惶惑：生命有四季，人生有春秋，没有谁能活在永恒的春天，也没有谁会永远站在孤寂的旷野。

我走出那片空旷，也许还会进入。不是约定，就像那个深秋真实的风，钻进了脖颈子、裤腿和袖口，最终汇合在一起。

我知道，依然活着。

鸡上树的那些日子

　　牛哞哞叫着从田里回来的时候，鸡还没回家，小河边沟道旁有那么多草籽和虫子，一只鸡和另一只鸡对视了一下，继续在地上刨食吃。羊咩咩叫着从河滩上回来的时候，鸡依然没回家，它们看了看天，看了看地，又看了一下红彤彤的夕阳还挂在树梢，追着撵着逮最后一只蚂蚱。

　　后来，村子里的炊烟袅袅升起来了，夕阳在谁家的屋檐上弹了一下，夜幕就被扯了过来。鸡们这才慌了神，谁也不招呼谁，连奔带跑往家赶。惊动了出来巡夜的豁子李家的老黑，嗔怪着汪汪叫了几声。吓得一只刚要过河的鸡飞起来，几丈宽的河面愣是扑拉着翅膀飞了过去，然后，有些不相信地回头望了望，才紧赶慢赶地跑回家去。

　　院子里的小瓦盆里有水，甭管是喂猪的还是饮羊的，鸡们都要喝上一点润润嗓子。是啊，啄了一天的地，鸡们有些头晕脑涨。星星都出来了，是该上树休息的时候了。

　　那时候的鸡会上树，借着夜幕还未完全闭合的一点微光，思忖着最可行的路径。土墙矮了好说，铆足了劲，翅膀一扑棱就飞了上去。若高了，刚好卸了牛的犁杖在墙边靠着，就当作上墙的梯子。树可能是一株老槐树，也可能是一棵歪脖子枣树，枝丫纵横，离土墙也就几尺远。有的鸡已经蹲了上去，还是昨天的老地方。也有的非要强占别人的地盘，极不友好地往里挤了还挤，最后打起架来。在树上打架可不是好玩的，哪一只落了下风失足落地，免不了再次从犁杖、土墙上攀爬上来，找个安静的地方，怀了怨气沉沉睡去。

鸡们可不都那么老实，譬如大成家的大冠子。大冠子长得很威风，是鸡里头的帅哥，所以很多家的母鸡都钟情于它，愿意和大冠子腻在一起。可最不该的是燕子家的小芦花。小芦花长得也俊俏，浑身上下棕黄相间的羽毛像披着一条光滑的缎子。黎明时听见仅有一墙之隔的大冠子叫了一声，它再也睡不着觉，三下两下飞下树来，跟着大冠子上了村前的小河滩。小河滩上多美啊，大冠子独独领着小芦花在草丛里觅食。后来天黑了，美丽的小芦花鬼使神差地上了大成家的老槐树。

燕子娘来找鸡。她一手拿着手电筒，一手擎了根竹竿往老槐树上捣。

夜在继续，各家树上的鸡都在想自己的心事，或者根本就没想。至于大冠子和小芦花的那段友情，也随着那夜的惊扰魂断老槐。次日，小芦花再没听见大冠子清脆的啼鸣，有人说他看见小芦花连飞带跑地往河滩上去了。草丛里没有，岸上的庄稼地里也没有，最后听见了扑通一声。大概小芦花在小河里看见了大冠子野性的身影……

我曾经以为鸡是乡间最快乐的动物。从被老母鸡孵出来的那一刻起，它们闪着两只黑豆似的小眼睛，叽叽喳喳说着话，满院子刨食吃。接着长大，长大后的母鸡咯咯叫，白生生的鸡蛋可以换来写字用的本子和笔，也能换来一顿美味的晚餐。长大后的公鸡大都很漂亮，黎明时唤来一片彤彤的朝霞，然后踱着方步在院子里晒太阳。娘爱它们，就像爱自己的孩子，夜幕降临，她站在树上数了又数，才放心地转回屋里。

可栖在树枝上的鸡四周也埋伏着危险。你想，夜多黑啊，鸡们伏在北风中瑟瑟发抖，寒冷浸润了每一根神经。一个影子出现了，从一堆柴草垛里或者从黑五家没人住的破房子里，悄无声息地沿着犁杖上了墙。然后顺着老槐树粗大的树干攀缘而上。影子并不着急，在有鸡的那根树干上站直了，很有节奏地晃动着身体，摇动着尾巴。鸡中有没睡着的，呆呆地望着这个来历不明的家伙，眸子里都是跳跃的身影。最后，一声凄厉的叫声划破乡村的夜空……

　　娘说有黄狼子，然后慌慌张张地跑了出去。夜又重归了寂静，酝酿着下一个不期而遇的罪恶。所以，那时候的我对黄狼子充满了仇恨，眼看着娘落寞的神情，说什么也要捉住这个夜色里的窃贼。黄狼子可不好逮，乡下一直有黄半仙的说法。说有人在路上遇见一位可怜兮兮的妇人，将她领到家里，好吃好穿好招待。等天亮了，一道红光穿透了窗棂，便再也看不到妇人的踪影。之后，这个人会疾病缠身，直到奄奄一息还盯着那窗棂，死不瞑目。

　　当然，我捉黄狼子的想法没敢告诉娘，而是集合几个伙伴伏在墙角，等待那个神秘的身影。到了第三天，我们每个人手执家伙来到黑五家的破房子里。老屋破旧不堪，没有洞，也没有烧火用的柴草，当傻五走近靠在墙角的一口棺材时，脸色煞白地跳开了，说里面有女人的哭声。我这才恍然大悟，用编织袋罩住发出声音的洞口，几个人用棍子敲打着棺材。一个活物惊慌失措地逃了出来，那夜的我们在南岗子上架起了一堆篝火，平生第一次吃了黄鼠狼肉。烧熟的黄鼠狼肉并不好吃，有浓烈的膻臊味。不过听大人说过，吃了黄鼠狼肉可以治尿床的毛病，所以傻五吃得最多，后来再没见过傻五娘在院子里晾晒画了"地图"的被褥。

　　上了树的鸡成了一个可有可无的静物，寂静的村子里只听见几声犬吠的声音。夜色很好，或缺或圆的月亮在云层里穿行，看着村里所有熟悉的事物来了又去，落了又升。蓦然打破这静的是村东马山家的女人翠花。翠花是个"鬼难缠"，没人不知道，所以村子里谁家的鸡宁愿被黄狼子拉去，也不愿和翠花家的鸡有什么纠缠。可鸡就是鸡啊，你想它们整天结伴出去，又结伴而归，难免"日久生情"。所以像大冠子与小芦花那样的鸡屡见不鲜。事就那么巧，翠花家的鸡还是上了村西李大兰家的树。李大兰人高马大，从来不是个受气的种，听见翠花在墙外头捣弄得一窝子鸡乱成一锅粥，便拎着烧火棍风一样冲出门来。针尖对麦芒，乡间从来不缺少如此精彩的对骂。村子那么小，不用风吹就传到了每个角落，听是听见了，但没人起来，东家不好惹，西家也不好劝，倒不如被子一拉蒙上头，学那树上的鸡，继续走进沉沉的梦境。

鸡和村子有解不开的情缘，每天总是第一个睁开双眼，毫厘不爽地报着更次。第一遍，暗了晨星；第二遍，送走了月色；第三遍，嘹亮的歌声响起，唤醒了那些春种秋收的乡亲，播下希望的种子，收获金色的光阴。

没有谁不把鸡当成一回事，暖暖的午后听见母鸡炫耀地报着收成，喜上眉梢。村子就那么简单，一片地，绿了又黄，黄了又绿。一个院落，执着的脚步来来去去，生动了乡村的容颜。一棵树上，一棵老槐树或一棵歪脖子枣树上，静静地流淌过那么多鸡上树的日子。

幸福有多远，没人知道，但三两根栖过鸡的树枝总是那么真实。

时光打马走过土墙根儿

　　村子里到处都是土墙。土墙，泥做的，用两扇门板把土夯实，土墙就一寸一寸地往上长。长起来的土墙，守卫着庭院里的一些秘密，阻挡着满大街像没娘的孩子一样到处游逛的风。所谓的秘密，不过是庄户人家在院子里，养一条狗，喂几只鸡，牛棚里拴一头耕地耙田的牛。狗是看家的，在土墙上偷偷挖一个洞，就成了瞭望口。耳朵，警惕地探听着来来往往的风声、脚步声，时不时汪汪叫上几声，以证明自己对主人的忠诚。吃饱的鸡鸭一般无事可做，从狗洞里钻出来，在墙根刨土，找虫子。为了让小小的嗉囊更加健壮，它们往肚子里塞石子，慢慢消磨乡下简单而有些无趣的光阴。

　　很多时候，时光并不能证明自己来过，只是悄悄地在院子里拱出一个椿树芽，说明春天已经开始。池塘边的梨树林，也便呼应着飘起洁白的梨花来，像一片片简洁的云，不着多余的色彩。于是，我们也便从这个时候开始，脱去臃肿的棉衣，在土墙根旁搭起一个戏台子。羊子从小是制造噪声的高手，他把家里的锅碗瓢盆偷出来，在土墙根下叮叮咣咣一敲，一会儿便引来几个小人儿。苘麻编制的马鞭子，一甩娘穿过的土布长袖大褂，倒真的有几分诙谐、几分神似。其实没有谁真的会唱那些咿咿呀呀的唱词，只不过装模作样打扮成想象里的男男女女。没有人笑话，大人们已经下地上工，温暖的阳光洒下来，东风吹散了一树树似雪的梨花，落在屋檐上。三两只已经来过有些日子的燕子，早已把巢筑好，躲在屋檐下，叽叽喳喳说情话。

谁小的时候不喜欢琢磨呢——时光到底是个什么样子，却又没处寻找答案。躺在宁静的夜空下，满天的星星眨呀眨，忽然有一颗流星坠落，在天空划出一束金色的光束，直奔土墙根底下。于是，我们赶紧沿着土墙根，找呀找，除了意外发现一只鸡实在憋不住下在墙根的一枚蛋，只能怅然地仰望星空，猜不透时光走过的轨迹。

或者，时光像村前的那条小河吧，弯弯曲曲，从远方哗啦啦地赶来，便是时光的声音了。小河真的是一段长长的快乐时光，迅疾如练的白条子，还有藏在水草叶子底下的虾，几个小人在小河里嘻嘻哈哈，忙活了大半天，才发现成了一个个小泥人。这时候，娘的呼唤声沿着土墙根悠悠长长地传来，才极不情愿地上岸、回家。

时光走到东墙根的时候，是一天的开始。阳光懒懒地穿透云层，洒在池塘里。水面就像一面大镜子，把光线蓦地一反射，好像放电影，白白的光束照射在银幕上，村子里嘈杂的时光开始上演。狗醒了，鸡叫了，猪在吭哧吭哧地拱圈。那些沉重的脚步、勤快的脚步、忧伤的脚步、快乐的脚步，便开始在村子里杂沓回响。

在田野上，时光强大到可以吸纳很多事物。

庄稼的时光是从泥土里开始的，它们憋足了劲，想看看田野上的风景。草其实是庄稼的姊妹或兄弟，为了草和庄稼这亲密的一家子，那些走在田野上的脚步，踩疼了时光的神经。耕耘，收获；收获，耕耘。一茬接着一茬，把时光渐渐量完；最后，躬着腰，背着手，年迈苍苍地站在自家的庄稼前，想：这辈子的时光咋这么不经意间便量到了头？

东墙根迎着朝阳，也靠近村子里通向外界的唯一一条路。年深日久，刷在土墙上的"忠"字，开始慢慢剥落，掉了一个"中"，剩下一个孤单的"心"，还在诉说着一段艰涩的时光。或者，有的人听不懂，比如我们，但是一定会有人知道。

不知从什么时候开始，村子里的很多人，沿着东墙根，出去了再没回来。池塘边的梨花，寂寞地开了一茬又一茬，后来干脆只剩下光秃秃的树干。东墙根，有时好像是某种隐喻。比如小时候听过书，演过电影，还曾演过木偶戏。那时候不像现在，日头转向了西墙根，懒洋洋地照在一只刚刚钻出柴草窠的刺猬身上，东墙根便响起了洪亮的喇叭声，或者悠悠的二胡声，很多人搬着马扎，提着灯笼，带着狗，在东墙根下稳稳坐定。孩子们便也自由自在，从日头落下屋檐，到夜空布满星辰，在人群里钻来钻去。

而后的东墙根，紧挨着的一条小路扩成了一条宽阔的大马路，铺上柏油，扯上了电线杆。突突的拖拉机、三轮车、卡车开过来，冷不防会撞死一只鸡，或轧死一条狗。羊子唯一的儿子羊小波，高高兴兴地吃过早饭去上学，刚骑着自行车走到东墙根下，迎面驶来一辆拉木头的三轮车，嘎吱——，一个小小的生命，在时光中开成一朵悲怆早夭的花，让整个村子战栗不已。听到噩耗后匆匆从他乡返回的羊子，木然地坐在东墙根下，泪流如注。

时光依旧在村子里来来去去，走老了屋檐，走空了村落，走得一面土墙一截一截地短下去。或许，用不了多久，村子里再也找不到这样一面记忆了沧桑时光的土墙；或许，过不了多久，时光再也不会像从前那样缓慢，却温暖。

这些，躺卧在土墙根下的几个老人似乎明白。正午的日头高高地悬挂在天空，阳光洒落在老人们花白的胡子上、发丝间。时光就是这样一步步走来的吗？在你不经意间，让树，圈阅了一圈又一圈年轮；让人，一步一步远离了年少与青春。

村庄在时光里行走，时光在村子里飞奔。东墙根初醒，日光在南墙根稍微歇了一下脚，最后，不偏不倚，落在西墙根上。

我又一次回到我居住多年的村庄，当初的鸡鸣犬吠，和杂沓的脚步声，好像消失了许多许多。倚靠在南墙根上的羊子的父亲，在沧桑的时光之手的抚摩下，缓缓睁开双眼，开口道："你是不是羊子？羊子比你长得瘦；你是不是小波？乖孙子，再叫声爷爷……”

　　时光打马走过土墙根儿，听见一声重重的叹息。有些失落，有真切的疼，像一朵五色花，开在村庄的上空。

甘蔗林　阿姐坡

　　我闪身钻进那片甘蔗林，姐在外面不停地叫我。秋日的阳光懒懒地打在绿绿的叶子上，又滑向草间。我多喜欢这葳蕤的草地啊，像母亲柔软的胸膛，玩累了，疯够了，便突兀地喊了一声娘。姐就站在了眼前，眼里闪着焦急的泪光。

　　我喜欢沿着村前的那条小河走，一直往前走，就能走到姐家，用不了多长时间。可是河滩上花花绿绿的草呀，堤岸上郁郁葱葱的灌木丛呀，拽住了我的眼睛。一声斑鸠叫，就以为是在叫我，于是我学电影里的一个勇敢而机警的小战士，躲在一棵大槐树后面，拉开弹弓。可惜我的手，好像从来没准星，泥弹穿过丛林，扑簌簌落下几片槐树叶；斑鸠不屑地笑了一声，飞向远方。灌木丛里也藏着许多快乐，打架的水牛，扑蝉的螳螂，和大青虫鏖战的黑蚂蚁，都能勾起我极大的兴趣。河滩，堤岸；堤岸，河滩。当然，我最后还是把行程耽搁在小河里。赤白如练的鲢条子，远远地，向一艘小小的飞艇，一不小心撞进我费了九牛二虎之力垒成的围堰。等我把里面的水放干，鲢条子便搁浅在草叶上，无奈地直翻白眼。

　　"姐，我来了！"常常是在日上中天，浑身泥垢的我拎着布鞋，赤着脚，站在姐家门前，另一只手里，提着一串用柳条穿在一起的鲢条子，看上去有些垂头丧气。姐不怪我。记忆中，姐从来没有怪过我一句。回转身，取回一个瓢，去邻居家借白面。姐很会做面食，她把柔软的一团面，擀成薄薄一层饼，上面撒匀了芝麻，放进滚沸的油锅里，滋滋啦啦，便做成了又酥又香的焦叶儿。从鸡窝里摸出两个鸡蛋，打在面糊里，再放上葱花和盐，姐做的假鱼又香又软，撑饱了我的小肚皮。那串垂头丧气的鲢条子，也被姐裹上一层粉白的面，炸出了香，炸出了脆，炸出了外甥女莲儿的眼泪滴溜溜在眼眶里直打转。"娘，我想吃小舅的鱼。"姐总是吝啬地丢给莲儿最小的那条。

姐最会种甘蔗。留好一片春地，用牛犁了，仔细耙了，软软的沙土地最适合给甘蔗补充养分。那时我有多傻，总以为姐在田里种了糖、种了蜜；甘蔗还未发芽，我便撅起屁股在甘蔗田里挖。姐捎着锄头回家，说："弟，你等着。等到秋天了，姐把喂饱糖喂饱蜜的最大的那根甘蔗留给你，甜出你的泪，甜掉你的牙。"

等待是一件漫长的事情，我坐在乡村的屋檐下，眼巴巴地望着天，几片云走过，一阵风刮过，脚步匆匆的日头，太阳不知疲倦地东升西落。娘很忙，父亲也很忙。在这个九口之家，好像每个人都被拧紧了发条。可日子还是半饥半饱地过着，嘴馋了，我会对娘说："我想姐了。"娘不是拿出一把自己扎的笤帚，就是拿来一个用秫秫梃子编织的锅盖，说："你姐忙，给你姐捎去。"所以，旧时的小河滩上，你会常常看见一个小小的身影，用绳子将锅盖挂在脖子上，远远看去，像一只刚从小河里爬上来的大金龟；要不就抢起那把笤帚，挥舞着欢笑，裹挟着风，一路向东，沿着葱茏的小河岸，向姐家走去。

有一天，也许是中午，我赌气丢了娘给的玉米棒子面饼，一个人偷偷溜出家门。原本，是要去姐家，姐炸的焦叶儿香了我童年无数个梦境。原本，我想气气娘，把她最小的孩子当成一棵没人要的芨芨草。原本，我诅咒那时候的乡村，食不果腹，衣不蔽体，每个人都像叫花子。我躺在堤岸上的灌木丛里，身旁是掠过时光的风；身下，是大地柔软的胸腔。

那么快就到了姐家。姐家大门紧锁，甘蔗林里也鸦雀无声。我想向路人打听姐去了哪里，每个人都抬起面黄肌瘦的脸，龇着牙说要把我抢回家去做苦力。

是姐打开灌木丛，先找到了我。原来是旧时光里的一场梦。姐不说话，仰起巴掌却久久没有落下。姐抱着我一个劲地哭，从灌木丛一直哭到家。娘在，很多人都在。那个被我丢弃的玉米棒子面饼，被姐一把抓在手里，和着泪吞了下去。姐说，只要姐在，就一定要我吃上最香的最甜的……

姐住在那片甘蔗林里，那片甘蔗林就是姐的家。甘蔗还没长大，姐种了好多甜瓜，一入夏，瓜地便成了我和莲儿的天下。莲儿喊："小舅，你看这个大甜瓜，熟透了，正对着我笑呢。"说完，夸张地吸了吸鼻子。姐在甘蔗林那头微笑着，看我们。姐一放下锄头，就坐在甘蔗林的地头上纳鞋底。姐的针线活可真好，羡慕得莲儿直瞪眼睛。以至于过了很多年，莲儿拿出一双布鞋递给我，说："舅，做给你穿的。"我还会以为姐没走。姐悄悄地在甘蔗林深处，将一簇甘蔗都砍下来，只剩下最粗最壮的那一根。晚上，睡在姐家的竹箔上，姐悄悄对我说："谁也别告诉，那根甘蔗是你的。"

姐住在一个斜坡上，去年的春天去看姐，莲儿带着她的女儿，她的女儿就如莲儿当年一样的年纪。甘蔗林已经没有了，眼前只是一片绿油油的麦子。后来我上了中学，姐常背着半口袋粮食去看我；当然，还会从随身的布兜里掏出几截子甘蔗，说，弟，好好上学。

多好的一片甘蔗林，种满一面斜坡地。我从这头进去，从那头出来，清清楚楚地记得，一行甘蔗270根，姐笑着说："还差了一根。"我却对自己深信不疑。姐就说，弟也算一根，将来长大了，可以把甜分给她一些。

姐没等到我长大，莲儿守着刚刚一岁多点的弟弟，在里屋哭泣。我与姐，已经阴阳两隔。一切都没有预兆，命运的凶器，在杀人之后，甚至没留下任何蛛丝马迹。后来只听姐夫说："你姐啊，苦了自己。"

幽幽地，我穿过岁月深处的那片甘蔗林，想找到那根最粗最壮的甘蔗。是我吗，还是姐？把甜凝聚在血脉里，在大地上倔强地活着。浩荡的秋风吹过，甘蔗林中传来阵阵涛声，像呼唤，是不是姐在叫我？等我一回头，突兀地叫了一声娘，姐就站在面前，眼里，闪着思念的泪光。

跟蚂蚁一起回家

　　风很暖，是春日的风，拂过小河岸上一片沙柳林，发出沙沙的声响。说不上来是好听还是不好听，反正那时候的阳光暖暖的，照耀着春天的堤岸。榆钱都落了，漫天飘零，像下过一场阳春雪。有的落在草间，有的飘入葳蕤的沙柳丛中，再也找寻不见。槐花还没有爬上树梢，那些香甜的白花现在还不知道躲在哪里，是藏在一片云里，还是芬芳在昨日的一场风中，这些对我都不是很重要。

　　一只蚂蚁，一只红蚂蚁，长长的触角在洞口旁闪了几闪，像探听风声的雷达，然后小心翼翼钻出洞来。沙柳树下是红蚂蚁的天堂。那些沙柳啊，有柳的韧，有草的茂盛，有梦里流过的一团云的墨绿，将我紧紧包围。是几岁，不清楚。轻轻扒开墨绿的云团，静静地躺卧其中，舒适，清凉，有乳的香，有青苹果的酸涩，有太多美妙的幻想，仿佛可以触手可及。但没有奢求什么，在啃完藏在怀里的一个干硬的玉米馇馇之后，天空竟然敞亮了许多。

　　我要和蚂蚁在一起。我总有很多时间和蚂蚁在一起。

　　也许蚂蚁认识我。那只在洞口探头探脑的小家伙，在逡巡了很久后，爬上了我的手臂，痒痒的感觉穿过毛孔，仿佛体味到了一种亲近。我屏住呼吸，怕鼻孔里小小的风会吹乱一只红蚂蚁的行程。而它呢？倏而紧张地前行几步，又倏而停了下来。触角依旧摇晃着，小小的眼睛东张西望，在试探，在疑惑，还是在思考？我都不知道。我所做的，是用嘴嘘了一口气，打扰了红蚂蚁的思绪，让它在顷刻间逃离。重新返回地面的那只红蚂蚁，一路上匆匆忙忙，在遇见每一个同伴的时候，都相互抵了抵触角，或许是在耳语，抑或是告诫：前方有一根躺倒的大柱子，柱子上有很多细细的毛孔，还有一股来历不明的风。

当然，那天中午再没有红蚂蚁爬上我的手臂，它们总是很忙碌。

我爱它们，爱这些总把日子过得忙忙碌碌的蚂蚁。蚂蚁有好多种，不过黑的占了多数。有一种最小的，小的头，小的身子，连触角都细小得可以省略。只是它们行动太迟缓，呼朋引伴，弄来一大群同伴，半天也没能把一只菜青虫运走。最后被我放在了它们家门前。有一种也是小的，不过腹部很大，老拖在地上行走。圆圆的屁股上有一根毒刺，刺来刺去，耀武扬威的样子。我吃过它们的苦头。一次在沤木上玩耍，好几只这样的蚂蚁溜进了我的裤裆，我被蜇得痒得要死——凡是蚂蚁到过的地方一概红通通一片。所以，我恨它们，此后尽量不去招惹它们、不去侵占它们的地盘。还有一种是个头比较大的，也是黑的，黑的头，黑的身子，像黑五脸上的雀斑，但它们太懦弱，是我亲眼所见。也是在沙柳丛中，一只黑蚂蚁跑来跑去，误入了红蚂蚁的地盘，一只红蚂蚁冲了上去，没有召集同伴，迎上去就打得难分难舍。没过几个回合，黑蚂蚁就败下阵来，一瘸一拐地钻进了一片草丛。整整一个下午再没出现。

而红蚂蚁呢，至少是我所认为的最勇敢的蚂蚁。它们曾经让一只大青虫瞬间死亡。

当那只大青虫一弓一弓爬上我有着补丁的裤管时，我能感觉到它神情里的傲然无物。长长的身子，好像身体中间根本就没有长脚，像一个弯曲的弹簧，一伸一弓，就来到了我的腰间，停下来张望——大概是娘做的红布条腰带挡住了去路。而我已不能忍耐，这些可恶的家伙曾经把棉桃咬落，把父亲辛辛苦苦种在园子里的菜咬得面目全非，然后，把一粒粒泛青的虫屎拉在叶子上，让人很没有食欲。

我将从裤腰上拿下来的大青虫放在了一小片空地上。开始，它并不以为意，一弓一弓地走了几步，还把头高高地昂起——或许是在寻找娘种出来的那片棉花地。但没有，这个春天的堤岸上，除了几棵高高大大的榆树和刺槐树，到处都是丛生的沙柳。还有那些伺机而动的蚂蚁。或许还有那只红蚂蚁，也可能只有那只红蚂蚁，才能理解我对这只大青虫的仇恨。它，并不慌张，在一只近乎大自身百倍的大青虫面前，竟然毫无惧色。风不大，足可以摇动沙柳嫩绿的枝条，沙沙，沙沙，比先前好听了些，甚至能听出温和的面容下渐露的杀机。

那只红蚂蚁在大青虫的身旁转来转去，脚步比平常骤然加快了很多。我不解，一个冷硬的玉米面饽饽下肚，到底支撑不了多久。所以我渴望那只大青虫是一条绿生生的黄瓜，父亲从菜园子里钻出来，亲自放在流着清水的水渠等我去拿。可眼前不是，眼前的大青虫只是我们世世代代的敌人。今天，被我放在了有蚂蚁的洞口，我要亲眼看一次弱者与强手之间真正的较量。

好像是为了试探，看看这只大青虫到底有多大威力。那只红蚂蚁停下急急的脚步，从大青虫的一侧，突然咬住了大青虫的某个部位。正在昂首的不可一世的大青虫感觉到了疼痛，身体骤然在地上翻滚起来。一圈，两圈，从一棵芨芨草的叶旁滚落到了一株野苋菜的叶子底下。而我的那只红蚂蚁啊，始终紧紧地吸附在大青虫的身上。

人世间总是有太多的风吹草动，但我们不是一个人在行走。就像发生在沙柳丛下的这一幕，没有呼喊，当狂傲的大青虫在草间翻滚的时候，一只，两只，更多的红蚂蚁匆匆赶来。我甚至听到了那只和我认识的红蚂蚁粗重的喘息，它被大青虫紧紧地压在身下，仿佛还有骨节碎裂的声音。很清晰，很清晰，穿透了春天的光影。

春天的阳光真好，但夺目的光亮并不能掩饰真实的饥饿。我想到了出门时的场景：娘把和了一丁点儿白面的玉米饽饽递给了我，被我扔出了好远。娘竟没哭，眼睛里闪过一丝晶莹，大声地叫我滚蛋。滚蛋就滚蛋，可我只是躲进了墙角，等娘上田走了，取了一个干硬的饽饽，来到了这片沙柳地上。散落的馇馇碎屑已经被红蚂蚁搬运回洞里，我有些疑惑不解：一只小小的蚂蚁到底能吃下去多少食物，或者，一个蚂蚁之家到底需要多少收成才能度过一生的光阴？没有谁能告诉我，就连风，春天爬上堤岸的风，也都钻进了沙柳丛里，让所有的草、树和奔忙的虫蚁，都悄悄地自己生长。

终于，当几只身强力壮的红蚂蚁死命地爬上了大青虫的头颅，大青虫才降低了翻滚的频率。我的那只红蚂蚁呢，在大青虫挣扎的最后一刻跌落草间——它还活着，用了很长时间翻身，蹒跚着回家的脚步。它们的战利品，已经被伙伴们高高举起，尽管我无法听到欢呼，但能感觉到它们的喜悦或满足。

一声唤，是娘的呼唤，沿着春天的堤岸，钻进了岁月的沙柳丛中。不知何时起，那些带给我喜悦或感伤的沙柳渐渐消失了踪影，春天的堤岸上长满了速生的杨。我试图穿越曾经虚度的光阴去寻找一只熟悉的红蚂蚁的身影，从模糊到清晰，又从清晰渐渐走入了一片虚无。

那只受伤的红蚂蚁究竟是蹒跚着脚步回了家，还是无声地跌落在那个春天的堤岸，已经没有答案。或许是在梦里吧，它晃动着触角，在葳蕤的沙柳丛下探头探脑，和我调皮地打了一声招呼："嗨！回家呢？"

嗯，回家呢。娘把一碗清汤手擀面放在桌上，苍老的已不能自由伸展的手掌抚上额头，掖了掖散在鬓角的白发。"吃吧，路那么远，夜那么黑，你还得回……"

我咋就那么没志气呢，不争气的泪珠儿落下。落在年少时的一片沙柳丛中，落在一个有红蚂蚁生活的家门旁，跟一只蚂蚁回了家。

一个人的灯火

灯

夜，是乡村的夜。点燃一盏灯，或洋油或棉油或豆油的那种，也可能是一只猪或羊的蹄夹，里面塞上一点点羊油或猪油。于是，夜便亮了，照着影子，影影绰绰，走出了家门。

胡同里很黑，一个碾子停泊在四爷家门口。有人坐时，常传来三两声重重的咳，然后和蔼地问："喝汤（吃晚饭）了吗?"没人在，碾子就安静地躺着。石碾子太光滑，总让人忍不住摩挲一下，冷冷的，很清醒地躺卧在村庄的深处，等待着来年碾压新一轮的时光。

夜风徐徐，一只手小心翼翼地端着，另一只手挡住从胡同那头吹来的风，怕熄灭了这小小的光亮。蟋蟀在角落独自歌唱，因为是深秋，声音有些嘶哑。老黑在后面跟着，忽左忽右，偶尔追着蟋蟀的声音寻了去，然后失望地回来。鸡是栖在树上的，在矮矮的枣树枝上并排卧着，连梦也做得那样安详。

我不知道那夜出来寻找什么了，大概只是为了快乐，或者为了在村子黑暗的夜色里增添一丝光亮，仅此而已。

每家每户都燃上了灯，有给牛拌草料的，不耐烦了，骂几句不知好歹的畜生。也有出门小解的，大概额头碰在了榆树上，女人笑着骂榆木脑袋。不甘寂寞的是鳏夫五爷，把戏匣子开得震天响，听着凄凄惨惨的《大祭桩》，在昏暗的灯光下滑落老泪两行。风不住地吹，深秋的风不想停歇在任何地方。一忽儿漫过墙，一忽儿顺着木格窗棂或门缝挤了进去。灯光开始摇曳，灯光下所有的暗影也开始一短一长，平日里使用的家什像被夜的幽灵控制，活了起来，摇曳在光明与黑暗的边缘。

好像那夜的我不怕冷，要不也不会独自走在村子的大路上。星疏朗，在天际明明灭灭，大路上仍有人，不是忙人也不是闲人，三三两两坐了，在说古吧。一会儿说薛刚反唐，一会儿又有人吼了两嗓子小包公。也有人在一旁静坐，摸索着抓把旱烟叶，火光明灭着，听别人说得兴起。我是听不懂的，就如对这夜风来自何方一样茫然。只是拢好了我手上的豆大光亮，行走在村子的深处。我的影子跟着我，老黑也忠实地陪伴在左右。所以我和老黑的影子有时散了去，有时又合在一处。不好玩，不过也不让人讨厌。

可以说那夜的我是孤单的，手捧着灯光，从东到西，再没有遇见一盏一样的灯光。也可以说那夜的我并不孤独，摇曳的灯光，忽左忽右的老黑，都是我童年的朋友。

但至于为什么会在深夜走上大路，至今我仍然迷惑。是为那夜的风，想弄清风的来处？还是为那夜的黑暗，希望小小的灯光能照亮寻觅的前路？好像都不是，那夜的我是个孩子，从家里出来，很随意地点燃了一盏豆大的光亮，然后逶巡在村庄的深处。

火

不是一个人，蹚过河，翻过河堤，来在村外的一片洼地。也应该是秋季吧，长风舞动衰草，落叶最后飞翔成蝶的模样。

洼地是一片经年的坟地，裸露的棺椁有的已然腐朽于旷野之中，有大了胆子的，划燃火柴照在黑乎乎的洞口，却被风骤然吹熄。怎么就没人害怕呢？想来那时也不过十一二岁的年纪，厌倦了爹娘的束缚，一个个溜出家来，就成了自在的野鸟。就如今夜吧，当狗子摸了娘烧火的火柴时，狗子娘跟了身后骂"小兔崽子，点火烧了你裤裆"。于是有人跟着叫"狗子狗子烂裤裆，打了鬼子缴了枪"。至于这话什么意义，也没人追究，大概抗日电影看得多了，只为好玩。所以很多人跟着一起喊"狗子狗子烂裤裆，打了鬼子缴了枪"，一直喊到洼地。

点火是最好玩的游戏，儿时的我一直这样认为。估计狗子他们也是，常有人捡了柴火，不论地点，就燃起了一片火光。火焰熊熊，伴随着噼里啪啦的爆裂声，很多人围了篝火做"杀羊羔""丢手绢"和"木头人"的游戏。

"杀羊羔"类似于"老鹰捉小鸡"，一人扮了屠夫，其余的扯着衣襟连成一串。左躲右闪，抓住一个就算"杀"了一个，然后被抓的凄惨地咩咩两声，倒地装死。"丢手绢"大家都知道，众人围了篝火团团坐了，任火光映红小小的脸庞。"丢，丢手绢，轻轻地放在小朋友的后面……"骗到最多的就是脑子有些迟钝的傻五。傻五不干了，趴倒在一座不知名的坟堆上，亲娘老子地学大人哭丧。傻五真有这能耐，往往别人还没进入氛围，自己倒先鼻涕一把泪一把了。有人拉，才如梦初醒，傻呵呵用袖管擦了，算是退出了悲伤。"木头人"太呆板，"我们都是木头人，不许说话不许动"，然后每个人都绷紧了小脸，只眼珠子骨碌碌转，谁先扑哧笑出声来，谁便被摁在地上当马骑。

火光渐渐弱了，再也听不见哗剥的爆裂声，也许都倦了吧，于是小小的影子渐次走进了黑暗。有人掀了棺椁上的一块朽木，引燃，却不起火焰。火光熠熠，行走在蜿蜒到村子的小路上。

那夜的我肯定也举过这样一个"火把"，在洼地站了，鼓足腮帮子吹了几下。朽木上飘起一小束蓝莹莹的焰火，若有若无，被深秋的风一扫，不知飘去了何方。身后，篝火渐渐熄灭，跳跃的磷火开始在洼地里闪烁。在东面闪了一下，忽然又在西面飘飘悠悠。是不安的精灵吧？我曾经这样想过。也许是我们年少时的喧嚣惊醒了几个流浪的灵魂，他们不知家在何方，只能在洼地里孤单地跳跃，然后等一阵风，渐渐熄灭了寻觅的激情。

有人开始蹚过小河了，脚踩在水里哗啦作响，朽木上的火星子落下来，"扑哧"消失了踪影。我也赤了脚，一手拎着布鞋，一手举着没有火焰的"火把"。火星子闪烁在夜风里，也投影在水面上，荡来荡去。然后分散成很多红红的光点，随波漾了去，很像我多年后一次漂泊异乡的情形。

一个人的灯火

我总是一个人上路，踩着娘的目光，转回身，消失在走向远方的路上。我知道，乡村待我不薄，给了我生命，又给了我一副健硕的躯体。然后化身灯火，或闪烁或熊熊，燃烧在胸膛。

海的夜不太安静，浪涛拍打着船舷，像一首流浪的歌。我接过了锚，接过了缆，又将空洞的渔网撒向了海面，潮来汐去，我企图弄清海的禀性或极力与之接近。远处，星星点点的都是渔火，若被复制了的天空，辽远但有些沉寂。也不知在海面上漂泊了多少时日，也不知离远去的海岸有多远，既然双肩选择了流浪，就要学会努力地承担。何况我还有乡村的灯火，父辈们引燃了千年，重重地将它托付于我。

记得曾经有过危险的瞬间，只轻轻与死神一握，终不至于化身无家的孤魂。那一日风高浪急，收工后的一次疏忽使身体失去平衡。海在咆哮，而我于冥冥之中抓紧了船舷。大概是看见了一处灯火吧，虽然遥远却那么清晰，娘在火光中伸出手，温暖地拉我上岸。

山也是喧嚣的，不是风景名胜的那种山。矿区里的粉尘弥漫，掩盖了真实的生活。于夜，静静走出一所破败的工棚，然后登上一座小山。车间里的碎石机依旧轰轰隆隆，身旁的野枣树在暗夜里摇曳。也许它和我一样孤单，纤弱的根系艰难地抓紧每一块岩石。它要等秋天吗？或是等待那一树小小的"红灯笼"，点亮了，站在秋天的门楣上，昭示着天地间有我在燃烧的情怀。

也许我不懂，就如脚下那些硬邦邦的岩石，从远古执着地走来，却要化为齑粉，最后给世界涂刷以虚伪的面孔。

而我的胸中是有一团火的，它在不知疲倦地燃烧着，有谷物的芳醇，有土地的馨香，也有季风的热忱。我抚摸过我的骨骼，在有山的异乡聆听过内心的表白。也许坚硬或柔软没有一条清晰的分水岭，只要胸中的火焰不灭，无论以怎样的方式，都能走完绚烂的行程。

而此后的草原或城市对我来说，都是一样的陌生，陌生的面孔，陌生的土地，陌生的天空。脚下的路并未真实地展开，但我努力地在走。我知道自己终归要回家的，仿佛那些追随着岁月的候鸟。譬如现在，当我再一次紧靠在草垛的侧旁，我又一次嗅到了谷物的芳醇、土地的馨香，还有季风的热忱。

无论在哪个季节，我都要燃起一盏灯火。无论闪烁或熊熊，都会是我休戚与共的乡村，至死不灭。

一块砖老了

一块砖老了，在乡村的屋檐下。秋雨一个劲地下，把村庄、田野笼罩在一片朦胧之中。寂静，一年之中再没有像此时这般寂静，村东的藕塘里，残荷一片，再也看不见往日的生机，此起彼伏的蛙鸣、纤巧的豆娘和蜻蜓，还有在清晨滚动在荷叶上的那些晶莹的露珠呢？俱已消失了踪影。

我端详这块老砖，它已经没有了棱角，深蓝，忧郁，像一位已近迟暮的老人，苟延残喘，湮灭了曾经的美丽与韶华。"流光最易把人抛，红了樱桃，绿了芭蕉"，时光轮转中，有谁能挽留住岁月的脚步，哪怕一分一秒都会显得无比奢侈。这块老砖大概来自已经隐退多年的那座祖屋，走南闯北贩卖药材的祖父，曾经无限风光，在一个暮春的傍晚，回到家乡，褡裢里装满了阿堵物，身后跟着一个清丽的江南女子。轻叩柴扉，业已人老珠黄的祖母赶紧颠着小脚迎出门来，开门的一瞬，瞬间掐灭了所有与爱有关的火焰。

破旧的老屋前，矗立起一座青砖青瓦的高大新房，宽敞的庭院，兼植一些南方植物。你还别说，那些看似脆弱娇羞的植物过了一秋又一冬，已经适应了北方的冷寒。小祖母抱着和祖父生下的宝儿在九九艳阳下哼唱着一种软软糯糯的江南小调。这些，年幼的父亲当然听不懂，扒着前院的朱漆大门，看热了眼眶；后院，祖母点燃的炊烟单薄地升起，紧紧缠绕着一个孤苦落寞的灵魂。

　　我想，这块老砖那时应该正混在诸多深蓝的老砖里，倾听前院的欢笑和后院的嗟叹，默默无语。

　　渐渐地，父亲长大了，一顿可以吃下八九个馒头，还趔摸着扒看前院的朱漆大门。祖父不在家，好吃好穿哪舍得亏待宝儿和他美丽的江南女子，于是父亲经常可以吃到蘸了蜜的大白馒头，蹴在前院的墙根下，噎得直翻白眼。

　　天有不测，一块老砖冷静地阅读着人间冷暖，草可以秋枯春荣，树可以青了又黄，田野里的庄稼只要有了阳光雨露，或多或少总能打下些果腹的收成。可人呢，有时候人比草木庄稼聪明，也比草木庄稼愚笨。祖父再次归来时已身无分文，眼窝深陷，一副皮包骨寒酸的模样。关上房门，前院总听见绝望的哭声，患了天花的宝儿最终无药可治，一卷苇席，被草草掩埋在了南岗子；小祖母的首饰被当掉了，雕花镂空的屏风被赶着马车的古董贩子贱价拉走了；那些原本无罪的江南植物，霎时萎靡了容颜，在小祖母于一个月黑风高的晚上逃离后终于狼藉一片。祖父躺在空荡荡的房子里，气若游丝，唤着父亲的小名："剩儿，爹对不住你娘俩。只留下了一座青砖青瓦的老房子。"

　　祖父咽了气，祖母从没有悲伤，父亲坐在一块老砖上讲到这里，抽了一口老烟叶，呛得眼睛流出泪来。文房四宝，书墨文章，祖母说那些都是无用之物，比不得泥土里刨来的日子。所以，任凭父亲哭哑了嗓子，祖母也没让父亲踏进一天学堂。父亲看天，天是白的，看地，地是黄的，听池塘里蛤蟆三更半夜还在聒噪，父亲就站在夜色里骂："狗日的，叫你奶奶个蛋！"蛙声渐小，一片迷茫中，乡村的灯火始终昏黄，在我年少时的记忆里。

　　我问一块老砖："你来自哪里？是辽阔荒芜的老河滩上，还是平原深处一片不知名的土地？"老砖不说话，坦然面对苍穹和风霜，在雨后，爬满了青苔，忧郁的深蓝上，就多了一丝青绿。娘说，老砖上的青苔能治鼻炎。于是她将青苔包在鸭蛋壳里，敷上泥，在火焰突突的灶膛里煨熟，最后我终于可以畅然呼吸。

夜色中，百无聊赖的我蹑手蹑脚来到传出一缕缥缈弦音的老砖前，想捉到一只会弹奏夜之琴弦的蟋蟀，冷不防看见一条眼神冷峻却身段柔媚的青花蛇盘踞在老砖旁边。不信邪的父亲，一手拎着青花蛇，只一抖，蛇全身的骨节就散了架，不知道躲进了哪里，暗自哭泣。

前院，庭院深深印在我的脑海里，只能从父亲和母亲的只言片语中知道一些残断的章节。风雨飘摇的后院，就是祖母蜗居一生的祖屋，自打祖父死去后，祖母仍未踏进前院一步。祖母说那是座不祥之宅，无论曾经在村子里多么显赫与辉煌，终究没有人可以镇住里面的邪气，夜里常听见一个尖尖细细的声音在唱，婉转，凄凉，总感觉人被无形牵引着到了一个更加幽暗的地方。或许吧，是宝儿无辜的哭喊，还是江南女子背井离乡的忧伤，终究湮灭在一场轰轰烈烈的悲情故事里。我那曾经风光无比的祖父呢，会不会在某一天乡野的晨风里醒来，滴落清泪两行，滴进脚下的泥土，倾听祖母虔诚的祈祷。

晚年的祖母极信佛事，总是踮着小脚走在上香的土路上。父亲说，只有在这时父亲的味觉才显得特别灵光，祖母小提篮里的几片大肉、几条油炸鱼，幻化成无数条小虫，挠得父亲的鼻子直发痒。香烟袅袅，祖母跪在小庙里的蒲团上，一边念念叨叨，祈求神灵保佑已经升天的负心祖父，一边用严厉的眼神示意父亲跪下来，说保证一辈子不离不弃脚下的土地，不淫邪，不贪妄，不做丧尽天良的事情，更不学道德文章。

父亲说，祖母原来也是一个大户人家的女儿，会一手端庄的小楷，手书的《诫子书》只拿给父亲看了一次，便说这是世间最没用的东西，然后付之一炬。

那座青砖青瓦的房子应该是在一年春天倒塌的。疯狂的人们高喊着口号，背诵着语录，使出浑身的力量，终于推倒了这个代表欲望和奢淫的象征。有人怂恿着祖母登上高高的土台，列举出一系列罪状，以供祖母控诉罪恶滔天的祖父；祖母却没有，依然捻着她的珠串，依然默诵着她一派澄明的经文。此时的父亲终于可以在贫穷的乡邻前扬眉吐气，蹩脚地背诵着一些不知所云的东西，将那些已经"获释"的砖砖瓦瓦码放整齐，预谋着自己的一场婚期。

或许那块老砖在经过父亲一双粗糙的大手时有话要说，很多很多话，像老河滩上长满的星星草，却终究一言未发，任凭被丢弃在了岁月的角落。

我在昏黄的油灯下写字，这时的父亲极安静，手拿一张"阴历头"，问我"廿"念什么。我说"nian"。父亲就说："狗日的，我是说念啥？"我咬着铅笔头说："就是念'nian'呀。"父亲这才恍然大悟，拍了一下自己的头说："小小，好好学，别学你爹，一大把年纪了还是个废物。"

那时的我还小小自豪了一下，平日里脸色沉郁的父亲，突然矮了许多，多了一些亲近，也多了一些可怜。我想当年哭着闹着要去学堂的父亲，最后终于折磨完了身上所有的力气，靠着那座虚无的青砖青瓦的大院墙，一句话不说，满脸泪痕，最后被小脚的祖母踏着零乱的夜色，慌乱地牵回家里。祖母一边轻轻地拍打着父亲，一边又撒下弥天大谎，诉说着"百无一用是书生"的感慨。

那个非正常死亡的书生或商人，我饱读诗书的祖父，当我坐在灯光下，一遍遍怀想他沧桑的容颜时，脊背上顿生一股凉气。我只是我，终究不过是融入乡村的一个俗人，耕耘着平凡的时光，收获着五谷杂粮，然后兴趣所至地码一些浮想联翩的文章，非是艳羡和追求浮华；我所要的，不过是夜色沉静之后，从纷至沓来的人生百态中，取其正，弃之偏颇，在有爱的红尘中寻找些有关纯真的段落和意义。

一场雨停止了纠缠，一块老砖在夜色中湿淋淋地上岸。土，是黄土，是养人的土，也是埋葬人的土，它一言不发地走进熊熊的火光里，是历练，是煎熬，更是浴火重生。

　　一块砖老了，老得失去了本真的容颜，但深蓝的质地未改，流淌着几多血脉亲情。没有谁能改变来时的方向，但我们可以坚实脚下的路途，脚印，或深或浅，走过的是眼前真实的岁月。

瘦影青灯

　　父亲，这个时候想起了你。

　　若是还在，你肯定还在田畴上徘徊："老天爷，咋就不下一场透雨呢？"然后叹息一声，拄着手里的拐棍，深一脚，浅一脚，蹚过正在拔节的麦苗，向地头走去。夕阳，火红的夕阳，这个火红的轮子从东面滚到西面，久久不肯离去。高过麦苗的蒿子打蔫了，原来绿油油的麦苗因为干渴泛着浅浅的黄。你说怎么会这样呢，昨天夜里故意把床搬出来等雨，老天爷还是没给一点消息，你的老寒腿等酸了、等疼了。往常总是那么灵验。可这一次你失算了。天也有撒谎的时候，明明看见一阵乌云来、一场大风起，之后，空气变得异常沉闷。又过了大半晌，太阳还是爬上了天，不合时宜地散发着光与热。

　　母亲说过，你是种田的好手。一抖缰绳，两匹烈性的马，八蹄翻飞，挣过队里最高的工分；你扬场，闭着眼，听听风朝哪个方向吹，一扬锹撒出去，麦子和麦皮泾渭分明；你不识字，二十四个节气倒背如流——你说农历才是庄稼人的时间，一个和庄稼一起上路并奔跑着的人又怎能忘记自己的时间。

　　而这些我都没见过，母亲说这话的时候，我的眼里满是猜疑。花白的头发像一根根扎在桐木板上的钢针；最该出力的右手，似被永远定格成一棵老树畸形的枝丫，半开半合；嘴歪着，半张脸被拉紧了往上吊，想笑的时候，只看见微微的颤动；还有你的右腿，像一个刚学会走路的孩子，拖着半截子木棍，抬不起，也放不下，且必须咬紧了牙，一步一步往前挨。我知道，你灵活有力的身板不是献给我的，三十几年前，当我作为你的最后一个子嗣出现，你已经患上偏瘫。好多事情已经无法打捞，就如一片叶子，轻轻跌落在水中，就注定失去了春天。即使现在，任我伤透了脑筋，努力地，努力地，想搜寻一个健壮的乡下汉子，始终一无所获。你也便在我的记忆里苍老——四十几岁成了永远的六十几岁。

　　家是一个破旧的家，或许那是父亲的父亲留给父亲的唯一家产，父亲娶了母亲，然后生下七个孩子，家里才有了一点欢笑与沉实。"四儿，烟筐子。"当你磕巴着嘴含糊不清喊我的时候，也许我正在土墙根下寻觅到一个新发现的蚂蚁窝。用手挖，用铲子刨，终于弄清了蚂蚁一家子的全部底细。工蚁在慌张地搬运着东西，兵蚁可笑地板着面孔，像在思忖是不是可以向我这个庞然大物发起攻击。白白的，嫩嫩的，蚂蚁的卵，被乱作一团的家族成员拖进一个废弃的蟋蟀巢穴里。留下三两只站在洞口，摆动着触角，探听风声。

　　烟筐子应该不是红枣木做的，几片薄薄的桐木板或杨木板竟也钉得那么瓷实。几片焦黄的烟叶、几张书或本子的旧纸，父亲离不开它们，就像离不开每天挂着的拐。一会儿看不见就开始哐巴着嘴，吞咽口水。一开始，你用尚算灵活的左手告诉我如何卷烟：拈起一张薄薄的纸片，卷成一个小小的喇叭口，一圈一圈地捻，直到合适了，才把小的一头折叠，从另一头开始装烟叶。酥焦的烟叶捏碎了发出一阵呛人的烟草味，一点也不美妙。我笨拙的小手装好了烟叶，学你轻轻地用嘴唇一抿，拧上大头，再掐掉，递给你，似乎还想听到你的一声赞语。而你没有，笨拙的右手夹住火柴盒，哧啦划燃了火，靠在墙根上，美美地开始吞云吐雾。

　　烟之毒，记得你还说过六爷走的时候咳紫了脸，顿疼了胸，一口痰吐不出，死在了一支燃着的卷烟下。"不吸烟，这日子咋显得拉长了许多。"这不是辩解，土黄色的村庄，一座挨着一座搭建的院落，除了红白事，过满月、度除夕，才让人稍稍感觉到一点生存的真实意义。鸟在天上飞，鱼在水中游，油菜花开满了田野，好像都是村庄以外的事情，小河上空的一道彩虹并不能使人从坎坷走向梦境之所在。所以，在村子里，我见惯了那么多吸烟的人。譬如黑三，原本就发黄的牙齿被烟熏火燎成了羊屎蛋的颜色，黑夜里上床，老婆白氏女嘟嘟囔囔，囔着让他赶紧用盐水漱漱那臭嘴；譬如木匠六爷，干了一天活，没捞着吸烟的机会，收工后坐在门口的石碾子上，一支接一支地吸，直教得满天的星星也跟着学，一明一灭，看不透这乡下的光阴。

一棵树老了能发新芽，就像村前的那棵大柳树，树洞深得能猫下一个人，中空的树体，皱裂的树皮，上面坐着一个喜鹊窝，春天来了，喜鹊叽叽喳喳忙抱窝。你靠什么呢，半残的躯体在村子里来来去去，背上叮过多少人的讥笑："一家四个小子算完了，村子里又多了几条光棍。"你不管听见还是没听见，脚步依旧不紧不慢，侧过乡间的缝隙。三十好几的二哥走了，去闯关东，一年又一年，好事的媒婆再不肯踏破门槛来家里纠缠，而是瞄上村子里另外的青年。你和母亲积攒很多年搭建的一所房子就这样空了，靠在土墙根的你掐灭烟头，跺了跺左脚，说："明天上集买头小牛犊子去。"那头黄色的牛犊，眸子很精亮，并不嫌弃你残疾的腰身。你斜挎着土篮，在河边，在沟渠，在空气一点就着的酷热的庄稼地里，蹲下来，跪下来，给你的小牛犊薅草；黑夜里，牛要添料，你摸摸索索点亮一盏煤油灯，挣扎着从地铺上爬起，给牛喂草；一把铁刷子，你刷上刷下，似乎连牛的皮毛也打磨出来金色的光泽。

起初，我并不明白，原本就显得吵闹的家，为什么还要养那么多的鸡鸭牛羊，且还让我们兄妹几个整天为这些不说话的家伙东奔西忙。你笑，举了举手里的拐棍说："那些都是过日子的拐棍呢。吵吵闹闹才有生气，日子也熬得更长。"

在乡下，我常看见很多弯弓样的身躯。我想，他们大抵都和你一样，背负了那么多次上路，连回回头也不肯，或者根本没时间回望。

依旧是淙淙的小河水，清澈来，清澈去，冲刷着你瘦骨嶙峋的身体。你一个人怎么可以擦洗自己的身体呢，就像临终那一天，我仔仔细细擦掉了你身上俗世的泥垢，虽然土里来土里去，我们毕竟真实而干净地在村子里住过，没熬老岁月，没活过天与地，甚至不能像一棵树那样挺直了腰身。但我们活得多么真诚啊，像一滴水，像一片云，像一片晶莹的雪，无牵无挂，无怨无悔，在这个广袤的原野上走过一回。

你真的太疲倦了，父亲。

当我穿过时光之流，再次抚摸你的肩胛、肋骨和那条永远也不能伸展的臂膀时，眼里噙满了热泪。"饿的。累的。"母亲明了你被岁月击倒的那一刻是因为什么。也许一生中她再没有见过如此贫瘠的土地，会生生把一个像牛一样强壮的汉子拖倒。那些被我用力搓下来的泥垢，一团，一团，跌落在水里，不肯激起哪怕一丝涟漪。父亲，我知道你是土做的，清明那天在南岗子上，我还看见你坟上生出的一棵土命的小草——小草开出了一朵小而洁白的花，迎向春天，孤独而美丽。

我该给你送点什么呢，父亲？你的肺被劣质的烟草熏得黧黑而坚硬，一声声重重的咳砸在母亲心上，也砸得我的心生疼。医院的路好像并不遥远，一块钱也许就能到达那个生与死有着明显界限的地方。"家里还得过日子啊。"你躺在床上，左手抓紧床沿，就是不肯把汗水落在地上摔八瓣积攒的子儿用在自己身上。换换口味吧，你说。我蹬上自行车骑了三里地买来的羊汤你却只喝了一口，然后推给眼泪汪汪的我和母亲。我们穷吗？我们的骨肉明明白白地在世上行走，并不偷窃他人的光阴。我们是不是太苦？父亲啊，这一张张纸钱如果能表达出我的孝心，我宁愿拉上一马车，焚燃一炷清香，告诉阴世的王者——我们并非一无所有。

并没有像那些在你单薄的背上叮咬的轻笑那样，你的孩子们一个个长成了你亲手植下的那排笔直的杨。脚下是贫瘠的土地，头上是自由的天空，我们一次又一次用你遗传的因子，呼吸，生长，在春种秋收的田野上。

又是夜，这灯火昏黄的乡村之夜，我把思绪放飞于空蒙而苍茫的夜色之中，脚步轻轻，并不想惊醒你憔悴的面容。父亲，若孤单，就趁着夜色回家，我会点燃一盏灯，瘦影青灯，在你所牵挂的家园自由穿行。那瘦瘦的肩、嶙峋的骨，已不能再使我疼痛。

父亲，走就走吧，远离那么多苦难和贫穷，是我所有的祝福。

—— 第三辑　时光：——

节气，一株庄稼丈量黑夜的方式

时间偷偷打了一个盹儿

时间，在冬天偷偷打了一个盹儿。

打哈欠的时候还是秋天，时间的脚步越走越慢，穿过一条河，翻过一座山，来到了村里村外。那时候，村子里的树和田野里的庄稼与草也走累了，望一眼，夕阳如幻，眼神有些困乏，思绪有些倦怠。当然，村子里的钟表并没被拨慢一星半点，走过春，走过夏，盼的就是这一秋的收获。所以，村子匆匆上紧了发条，光着膀子，有些忙乱，但更多的是喜悦，和困倦的时间打了一声招呼，把朴实的庄稼人散布在田野的每个角落。

有些鸟不是，它们离了滴滴嗒嗒的时间不能活。抬头向天，便可以看见"一"字形和"人"字形的雁阵。雁的时间观念可真强啊，再优雅的身姿也不忘扮成时针分针的样子。一会儿整点，一会儿又商商量量，把分秒也计算得那么清楚。

时间是被这些鸟带走的，坐在村前大槐树下晒暖的六爷对此深信不疑。我也看见了，一大早起来的时候，推开屋门，眼前一片混沌。是啊！时间都打着盹儿呢，哪还能像春天一样满眼生机——到处都是弥漫的晨雾。鸡叫了好几遍，喊哑了嗓子，也没见扯过来一片彤彤的霞光。算了，树也不下了，在没有时间的世界里，谁还会在乎一只鸡的叫唤呢？

树上挂着霜，冬天的霜和雪花一样白。就是太小了，还不够村庄塞牙缝，眼看着一束柔柔弱弱的阳光穿透了云层，剥离了茫茫的雾色，倏然不见。时间一点也没动，小河滩上的野草不再呼吸，抱紧了根，藏进泥土里冬眠。曾经在草间游弋的蛇走了，飞来跳去的蚱蜢也走了，把房子垒得高高的，像哥特式城堡的蚂蚁们，也钻进了大地的深处。或许，地下也有一个世界吧：有蜿蜒而行的蚯蚓，有钻来钻去形状奇特的草履虫，有把街道修建得四通八达的老鼠，此时，它们远离了没有时间的村庄，逍遥在我们不曾见过的另一个天堂。

时间打盹儿的时候，没有告诉任何人，只有远乡走来的晕三有些感觉。

晕三当然是个晕人，每年的这个时候必来村子小住一阵。然后，喷着满嘴的酒气说："还是咱村的人好，到了谁家都能给碗酒喝。别看俺的衣裳露着腚，明天就能穿上俺娘做的花衣裳。"晕三说的俺娘是村西的李婆婆。她知道晕三每年在时间打盹儿的时候来，早用碎花布头缝了一身棉衣裳。晕三不在村里住，而在村外的破庙里磕个头，躺倒就睡，第二天一大早就上李婆婆家，劈柴，打水，算是没白活一天中仅有的不晕的时光。

晕三走的时候，时间就醒了，晕三也在这一天最清醒。他推开李婆婆家的篱笆门，一步三回头，泪眼汪汪地说："娘，你是俺亲娘。晕三再晕也没忘记有个好心的娘。"然后，在醒来的春光里上路，踩着流动的时间，继续流浪他乡。

时间打的这个盹儿可不小。打从吃了冬至饺子，就再没听见过时间流动的声音。往常，时间在阳光里穿行，走着走着花开了，走着走着结果了，走着走着，村子里的围囤上了尖。时间就累了。走累的时间也像人，站在田埂子上，眼前蓦然闪过一片青绿，又忽然掠过一片金黄，最后，直到虫蚁都销声匿迹了，草们也开始枯萎，人的身体里就变得空落落的。时间都打盹儿了，人是不是也该停下脚步歇息歇息？

于是，漫漫的冬夜来了。木匠爷家有的是树枝干柴，将它们架在火炉子上一通猛烧，寒气就被逼到了窗外，火光映红了每个人的脸。一壶烧酒，就着木匠奶从泥封的小陶罐里扒拉出的几碟腌菜——黄豆瓣儿、红椒泥、蒜梅豆、青蒜薹，鲜辣爽口，吸溜一口酒，咂巴一下菜，暖得从鼻孔里呼呼冒热气。时间眨巴一下眼说："喝吧，喝吧，没人愿意管你们。"继续入梦。时间做了一个没有时间的梦。

反正没有了时间，村庄一下子变得比平常慵懒了许多。大晴的天，红彤彤的朝阳钻出来，给树镀上了一层红，给河镀上了一层红，也顺便把泛着青绿的麦苗镀上了一层大红的油彩。最后，穿过了窗棂，打在男人女人的脸上。时间打盹了，可阳光不能停下脚步——尽管睡得早，起得晚，可不能违背时间的约定，打一个寒战，憋红了脸，放射出万丈霞光。

时间是和阳光有过约定的，这个我知道。记得几岁的时候，我在杨村的土泥台子上上学，梅老师爱一趟一趟往教室外面跑，废弃的磨盘上插了一根小木棍儿，又画了很多小道道儿，木棍的影子走了几个格子该上课了，又走了几个格子该放学了。梅老师总是汪着两个好看的小酒窝，微笑着说时间到了。去年见过梅老师，时间爬满了她的头发，雪白，雪白，依旧微笑的脸上依稀泛着当年的模样。我想说呢，时间都打着盹儿呢，您是不是也该偷一个懒儿，好让岁月的皱纹慢一些，再慢一些爬上额头。可我嗫嚅着，依旧腼腆得像小时候，做错了事，不敢张口，喊一声老师脸就憋得通红。也许梅老师注意到了，是啊，凡是住在村子里的人，不管是前村后村，还是东村西村，一拃远的距离，谁还不知道时间打盹儿的消息？

风这家伙总是在冬天停不住脚步，在雪地上打了个滑，依旧呼呼地钻进村子。没有时间就等于没有了阻拦，光秃秃的树们也无可奈何。原本，那些树是不怕风的，时间醒着，就匆匆上路，该发芽的发芽，该吐绿的吐绿，该把花和籽实挂满一树的时候，风不过是个陪衬，左一摇，右一晃，像飘荡在一幅画里，叫人直想亲近。或许时间看守着风之门。

一打盹儿，风就悄悄地钻了出来，越过山川，越过高原，向往着无阻无拦的平原大地。村子呢？只是一个观众罢了，看着风的舞蹈，远了，近了，哭了，笑了，牵动着每一根神经。这时候，我想喊醒时间。你看哪，谁家的鸡，谁家的狗，谁家的小孩出来尿尿的时候，都冻得瑟瑟发抖。可又不忍心，一年了，时间忙完了村里又忙村外，让树又长了一圈儿，把庄稼又收了一茬，把村里的小伙啊姑娘啊的青春又增加了一岁，喊着吵着闹着，说要去哪村的谁家去相亲呢。

时间打了一个盹儿，发生了多少事情，时间并不一定知道。可村子里的人明白得很，"一九二九不出手，三九四九冰上走"，冬天真真切切地来了。

云比往日更淡了、更远了；水比往日更清了、更缓了，说不定哪天就结上一层厚厚的冰，让你再也看不见鱼儿追逐时间的样子；水草也进入了梦乡，继续下一个飘啊摇的梦境。可时间打盹儿的时候，人没停止想念。村子里那么多的人甩下了村子里的时间，跑到他乡的时间里混饭吃。风紧了，天凉了，是不是添了衣裳？冬来了，年近了，是不是盘算着哪天返回家乡？这些，时间都知道，但住在村子里的时间不管。他乡地多大，他乡天多高，全由他乡的时间掌控着，该走的走，该来的来，时间挡不住谁的步伐。

穿着花棉裤，住在破庙里的晕三起了一个大早，趁着还没开始晕，一路唱着小调儿赶往李婆婆家。李婆婆说了，管它天冷大风刮，过年了，宰了一只小肥羊，熬了一锅红油辣子羊肉汤，喝上一个暖暖的冬天。

哪村的小子挨村派炮仗，婶子大娘喊得那叫一个亲，爆竹放得那叫一个响。时间呢？这时候时间也差不多缓过了劲儿，被噼里啪啦的鞭炮挠得直痒痒。算了吧，该睡的时候睡，该醒的时候要醒呢，可别错过了一年一度的好光景。打工的人都回了。他乡的时间再殷勤，也挽留不住回家的脚步。要不信，大年初一的村子里一抬头，就能看见打扮得跟电视里的小伙儿姑娘们一样的乡下年轻人，舌头一打卷儿，说话还飘着一股京味儿，真真乐死个人儿。

时间偷偷在老井旁的梅枝上醒了。

时间偷偷在小河滩上的野草嫩芽上醒了。

时间偷偷打了一个盹儿，在村子里亲切的祝福声中苏醒了。醒来的时间比任何时候都清醒，村子那么小，但有的是时间呢，可以耕，可以种，可以遗忘那么多忧伤，也可以迎来那么多喜悦。

时间偷偷打了一个盹儿，村子又多了一个轮回。

月光老场

　　老场离村子不远。过了一条小河，闪过一道堤口，就看见了老场的模样。

　　老场确实老了，没有谁能说明哪个年月什么人赶着一群什么样的牲口，用吱吱呀呀的老碾，把一片原本荒芜的土地碾压得如此平整。老场上的黄土已经松动，这儿冒出一簇草，那儿不知被什么虫子挖了一个坑，间或几道深深浅浅的沟壑，犁过老场的面孔，像极了村子里某个老人的脸，沧桑，老迈，却真诚。

　　老场就是老场，命里注定不养育庄稼儿女，却对粮食情有独钟。一样是空地，村口的土戏台子上演的是别人的岁月，几哭几笑几翩跹，翻动的尽是泛黄的书简。锣鼓声急，刀剑光闪，日头还未走完一天的路程，往事悲欢早偃旗息鼓。而老场不是，老场上的主角是村子里不用涂脂抹粉活生生的人。没有道具，帷幕是极高极远的天，情节是收获喜悦的日子。所以，踏上土戏台子，虚构与传奇早已消逝在远去的风尘——站在老场的中央，月光如流，涌动的却是今日的潮汐。

　　老场不孤单，即便是进入了寒冬，落满了雪，一滚老碾仍蹲守在老场的一隅，等夏日的油菜与麦子，候秋天的高粱与豆荚。麻雀是乡间的风语者，叽叽喳喳，说着永远听不懂也说不完的话，一会儿落在老碾上，刨开厚厚的雪，寻觅粮食的气息；一会儿又跳上一棵老树的枝头，想看看春天还有多远。四处静守的麦秸垛沉默不语，当所有的粮食弃之而去后，它早已抚平了心中的忧伤，村子那么近，看着村庄里走出来的儿女一个个憨厚朴实的样子，它怀念起和土地在一起的风风雨雨。

月是乡村或缺或圆的一轮月，自村庄上空穿梭了千年，依旧如此明澈。夜色中有蛙鸣，有虫鸣，有近旁小河潺潺的水流声，因了这如水的月光更加动听。月光爬上岸，漫过河堤，在老场宽阔的胸膛里深情激荡。也许只是我，也许不只是我，凡是和土地与庄稼一起耕耘过时光的人都能听懂。这简单的乡村，没有理查德钢琴的舒缓，也没有《命运交响曲》的雄浑，却有着《二泉映月》的咏叹与悠长，每株庄稼都是音符，每个季节都极富韵律，在村子里，在村庄外，在今夜面容有些憔悴的老场上，淙淙流淌。

应该是夏，当田野上所有的碧绿顷刻间变成金黄，镰刀与汗水的光芒濡湿老场多情的眼睛。一场透雨，浇实了这片碾压过无数次的土地，拾穗人在田间驱赶着，把所有成熟的麦子赶到光滑平实的老场上。一匹马或一头牛，在季节里清醒，在清澈的河水里照了照年轻俊毅的面孔，打一个响鼻，来到没遮没拦的打麦场。没有人退却，在老场的面前，谁都可以是统领庄稼的将军，一声高亢嘹亮的吆喝，或一把闪亮的铁叉拉开了收获的帷幕。

牛拉着老碾，人赤膊上阵，一样的古铜色泛着力量的金属光芒。入夜，飞蛾在灯火前舞蹈，蟋蟀躲在熟透的麦草里歌唱，清澈如水的月色再一次流溢，每个收获喜悦的梦中人显得无比安详。

我也看守过夜场，在一个简易的窝棚下，聆听天籁的呼吸，醇厚的麦香和麦秆清甜的气息骤然溢满胸膛。如果有月，就像今夜月色苍茫，赤着脚走过老场的角角落落，会感觉自己也化成一只窃居乡间的飞蛾，小小的翅膀承载不住太多太重的光阴，飞不高，也飞不远，却宁愿一直守候在老场的侧旁。若无月，星光于天际璀璨，别告诉我那是诱惑我飞翔的眼睛。一只萤火虫提着明明灭灭的"小灯笼"，在老场里悠然穿梭，在寻找，或者只是路过，记录下老场简朴岁月的点滴。

月夜有风，忙碌一天的人们不肯睡去，聚集在老场上谈论家长里短。说谁家的粮食饱盈盈，扬起落下，叮当有声；说谁家的谷穗太小，秕瘦的谷粒经不住哪里吹来的一股风；说谁家的父亲外出干苦活摔折了腿，眼看一个壮劳力脚下没了轻重；说这年头啊到底有多长，站在老场谁家最高的麦秸垛上，也看不到尽头……说累了，将一捆麦草塞在身子底下，今夜所有的人暂时都是老场的子孙，露水闪着星光打在干渴的嘴皮子上。

土地不能行走，老场就一直守望。一面岁月的大鼓敲向天地间，谁能擂得最响？

月流无声，沉默的老场怎能忘记一些熟悉的面孔。有最会使牲口的犟爷，依然是高举着鞭子却不肯轻易落下，拂在牛的肩胛上，石碾转，碾压着白花花的时光，把沉实的籽粒和轻盈的外壳，清晰剥离。有最会扬场的木匠六爷，自己打造的家什使着才称心顺手，笨小子傻五笑呵呵地往自家麦堆前一站，也能扬出黄澄澄的粮食——有风不算，六爷最得意的是没有风，村子里的炊烟直直地冒，树梢一动也不动，轻铲、轻撇，杂物纷纷扬扬落地，麦子在更远处聚集在一起。也有的想学，却常常拿捏不准，一锨扬起，麦糠麦子垂直落地，还是原来的样子，不离不弃。黑蛋娘更是手巧，头天把掐掉麦穗的麦秆浸泡在小河里，第二天便坐在一棵大树下编草帽。轻插轻折，大半晌的工夫，一顶崭新亦透着清甜的草帽在手里开放。黑蛋娘还兼编织一些小笼子，常骗得一二和黑蛋在收割后的麦茬地里捉蚂蚱或会叫的小虫子，夜黑时将它们挂在窝棚里，听着嘶嘶的虫鸣入眠……

和老场厮守了太久，很多人以为这一生会坐化在有月的老场上，度过一春又一秋，看亭亭的庄稼变成粮食，然后被封存在有炊烟升起的村庄。或者，再也举不起长长的鞭子和锨，只静静依靠在一滚老碾子上，倾听，一轮又一轮的时光，从老场上走过。

老场突然老了。老场不再像老场。

　　我在这个春天的夜晚，踏着月光而来，兀然在老场的胸口停住。一滚老碾还在，皴裂的石缝里长出一株青的草；几个孤零零的麦草垛，坍塌，泛着陈年的气息，黯然了最初被碾压后清亮的色泽。

　　月光流转，我们走过了平淡的岁岁年年。也许老场真的承载不了那么多忧伤或喜悦，瞬间斑驳了面孔。老去，只为新生或不老的月光让路。让一轮新月，或盈或亏，记忆或遗忘，老场淡然地沧桑。

阳光钻进墙旮旯

阳光并不是哗啦一下子跳下天来的。

开始，夜很静，星星眨着惺忪的眼睛，露水挂在草尖上，享受着难得的静谧时光。一点萤火，在南岗子上闪了一下，又闪了一下，被一阵不知从何处吹来的风赶进坟堆里。一株狗尾草，在某个坟头上招摇，不是诉说，也不是依恋，只为默默等待一缕霞光的出现。以期证明阳光永在，生命永恒。

若世间真有金光大道，那必是朝阳的霞光铺就的。金色的，动感的，流溢的，歌唱着上路。从遥远的东方一直蔓延，蔓延，蔓延至这个平原腹地一座不知名的小村庄。睡在树上的鸡叫了，是一轮红日流淌的金色清泉，叮咚着上路，打破了长长的梦境。在梦里，鸡们单调地活着，不肯睁眼，怕在高高的枝丫上如临崖般眩晕；不肯放松筋骨，怕路过的夜风如魅般使身体坠落——坠落于无边的长夜。醒就醒了，醒后就引吭高歌，扑棱着翅膀，穿上霞光裁就的金色羽翼，飞到屋顶上，飞上村里最高的一棵老树的枝丫上，朝向东方，和着阳光拍打着阳光的涛声，湮没漫漫长夜及星月之光。

大片大片跌落的阳光落在村子里，开始四处游走，或诡异地散开。阳光爬进牛圈里，忽闪一下老牛的睫毛，又抚摸一下小牛的嘴唇。母女两个对视一下，昨夜的青草还在，免不了打个响鼻，吃几口暂时充饥。阳光跨过羊栅栏，六奶三更天刚接生的那只雪白的卷毛小羊羔，已经跟跄着脚步躲进母亲的身子底下，跪着，啧啧有声地吮奶。别的羊有的躺着，有的在相互亲昵，任阳光爬满全身，安静地体味着记忆中最感恩的一幕。也有不安分的，是黑五家的小花狗，阳光刚刚爬到狗窝前，就吵着闹着站起来，踩着母亲的身子，最后从母亲头上跌下，跑到对面鸭圈里，招惹得几只鸭婆婆"吹胡子瞪眼"，摇摇摆摆，叽叽嘎嘎，把小花狗撵出来。

——阳光扑哧一下笑出声来。

六爷系着大裤腰吱呀打开了屋门，等候在门外的阳光早已急不可待。悄悄地，悄悄地，向屋子里探头探脑，除了老箱老柜发出的陈年气息，并没有什么新奇的。于是，阳光猫着腰，爬过了门槛，再不肯往里去。

其实阳光并不是画着直线走进村里的。村东的那口老塘最先听见阳光一缕一缕潜进水里的声音，在一尾鲫鱼的鳞片上闪光，在一片尚未擎出水面的荷的卷叶里躲藏，最后射出水面，平展地铺开，化成几大颗晶莹的水珠，滚过来，滚过去，就是再不肯跌落水里。另一些阳光排着并不整齐的队伍，说着笑着，沿着村前那条弯弯的小路，来到老井旁。有踊跃的，朝着黑咕隆咚的井里跳下去，被村里辫子最长的小妮二丫打进水桶里，跟着吱吱呀呀的辘轳，又爬上来，摇着扭着跟着二丫回了家。又有一大群阳光走着走着迷了路——也不知为什么，有时年年月月日日常走的路，走着走着就有些恍惚。拐过一条街，再爬过一堵有了缺口的老墙，阳光来到三官叔家后总是沉默不语。

三官叔，性痴傻，写得一手好字，不是颜体也不是柳体，却水一样流畅，东家西家写好了，贴在大年初一的大门口，阳光读了也敬畏。三官叔的父亲做过很大很大的官，至于大到什么程度，也就村里年纪最大的木匠六爷知道。他说三官父亲家里的钱能换半壁江山。那一年，三官发了病，读过一屋子书的三官娘直急得泪眼汪汪。三官娘有心带着三官去京城看病，又怕看见那个负心郎，肝肠寸断；不去吧，乡下日子穷光光，眼看着三官口吐白沫，抽匣里再也摸不出一个子儿。三官娘狠狠心，说："还是让六爷领着官儿进城吧，咱不要金、不要银，只求把一个好好的官儿带回家。"

正堂上，"诗书继世长"的对子只剩下一半，蛛网，灰尘，布满了曾经辉煌过的老屋。一缕阳光艰难地爬上屋顶，顺着能钻进雨也能刮进风的大窟窿探进身去，趴在一个多年不再有袅袅青烟的香炉上，黯然神伤。

你问阳光快乐不快乐，一不小心溜进村子里的阳光很多时候却感到太多的沉重——即便有鸡鸭牛羊那么多温良的面孔，见多了一样充斥着单调与疑惑。一个村子要总能披一身辉煌的霞光该多好，风光着树，风光着水，风光着土墙老屋。可霞光太匆匆，鸡鸣一声的时候，就注定要把漫天的光彩收回。太阳变了脸——白白的，赤裸裸的，若小妖一般的阳光便会簇拥着跨过村前的小桥，涉过一条弯弯的小河，爬满广袤、蓬勃、草长莺飞的田野。

从村庄到田野，阳光的速度快到几乎可以忽略。

若离了草，土地太不美妙。高高的蒿子秆，蓬蓬的野苍耳，匍匐着，谁开花，谁不开花，谁开的花儿艳，谁装点的花儿太小，都不重要。重要的是阳光喜欢啊，它顺着河堤爬到田野里，就是为了倾听草与庄稼的私语。

草说："麦子啊，你住的是我曾经的家。"

麦子说："你不还沿着我的身体往上爬？"

草说："玉米大哥，你看看我，瘦了，病了，已经奄奄一息。"

玉米说："你看哪，村子里的人忙来忙去，都顾不上歇歇脚。"

……

阳光笑了，说："好了，好了，庄稼和草都是我的兄弟。少了你们活着多没意思。"

所以，行走在田野上的阳光脚步轻轻，轻轻抚摸一下在春天开始松软的土地，一会儿就从土里拱出一两个嫩嫩黄黄的小芽，既像庄稼又像草——本来嘛，草和庄稼都是自家人，你看它们平时也斜着对方，谁都懒得去搭理谁，可土地就是家，一家人不说两家话，就算是自家兄弟，还难免磕碰一下呢。阳光不说话，这边顺着一棵在清明被人掐过心的苦艾草枝杈上往上爬，一支分成好几支，端午时每个艾梢上肯定都开满粉粉白白的小花。在那边瞅准了一片麦子，"麦子九个头"，铆着劲儿要超过苦艾生长的速度。阳光也有骨节呢——你听，下了一场透雨，把拔节声唱得格外动听。地头上长着一棵苦楝树，粉红的花朵开了一树，喜鹊来过，叽叽喳喳，说是自己先发现的一树秋天的苦楝果，等天高了，云淡了，黄黄的果实挂满一树，要携儿带女赶来收获。麻雀们总是那么聒噪，说了还说，说了还说，说自己不是一扑棱翅膀就能飞向南方的家伙，一树苦楝果，可以让自己度过一整个漫长的寒冬。

阳光在田垄上爬，爬着爬着油菜花开了。

阳光在沟渠里爬，爬上爬下，荠菜、刺老芽长高了。

阳光在麦芒上爬，像一个个接通地府的白色幽灵，爬东爬西，爬着爬着布谷鸟飞来了。

谁种的庄稼谁收获，谁先蘸着小河里的阳光磨亮了镰刀，谁就先踏上阳光把麦子焖熟的庄稼地。一下子，阳光黏在了镰刀上，镰刀挥舞着，闪耀着，将一粒粒熟透的粮食收回家。

就听见蟋蟀在夜里歌唱了，就听见蛙们在一场夏雨滂沱后欢呼了。忙碌的土地从来没停止过脚步。你看那些白花花的阳光啊，不知疲倦，不辞劳苦，总是执拗地上路。

青纱帐里密不透风，谁家的小妮跟谁家的小子躲在里面说着悄悄话。阳光忽闪一下，长长的玉米叶子不肯出来，就调皮地钻过空隙往里爬。

有人收工了，赶着一头忠实的老牛，紧紧跟随的飞虫流蠓透明的翅膀上也爬满了一闪一闪的阳光。古铜色的皮肤，黑红色的脸，风霜刻画的刀痕在这个乡下老人的面颊上深深浅浅。

阳光也有走累的时候，它穿过沟沟坎坎，走过坑坑洼洼，在村里村外爬来爬去红彤着脸庞。田野里的庄稼已所剩无几；不管高的、矮的、粗的、细的，草们也都在一阵一阵的风中老去。

——阳光不老。

乡下的日子像一坛陈年老酒，喝着喝着有些醉醺，阳光一排一排地往西赶。日子呢，到底有多长？村子里那只起得最早的鸡早就飞上了屋顶。眺望一下地平线，没找到答案。

一只刺猬进了村，眯着眼，躲在墙旮旯，不声也不响。阳光也钻进墙旮旯，红红的，暖暖的，明天该发生什么事情，明天才知道。

与虫共舞

这些昆虫全都是我的伙伴。我的亲爱的小动物们，我从前和现在所熟识的朋友们，它们全都住在这里，它们每天打猎，建筑窝巢，以及养活它们的家族。

——法布尔《昆虫记》

每次走在乡间，周围除了茂盛的庄稼和草，就是无处不在的虫。

虫，说的是昆虫。有的在天上飞，有的在地上爬，有的在水里游，还有的藏身于泥土之中，以"海、陆、空"的方式紧紧包围着乡村。

虫来了，铺天盖地，所到之处庄稼草木被洗劫一空。说这事的是前院的六奶。那一年闹蝗灾，蝗虫吞噬了村里人所有的希望，村子里的人全部出动，拍打，焚烧，挖起一道道深深的沟渠作为战壕，也没能阻挡蝗虫的脚步。鸡、鸭、鹅吃累了，撑大了肚皮躺在空地上，任蝗虫风一样漫过躯体。能走的都走了，走不动的留在村子里看着惨不忍睹的场景，不住地叹息。这是恶魔般的虫，六奶说起的时候，我的脊背一阵阵发冷。想象着蝗虫黑云压城的样子，飓风般肆无忌惮地狂笑，震落了屋檐，震碎了村里人的希望。

所以，打小我就记恨虫。不管飞的、爬的还是游的，不是将它们毫不留情地撕成碎片，就是将它们踩在脚下，碾成齑粉，恨不得让它们万劫不复。但夏天在瓜棚碰见三爷的时候，却让我对虫又有了另一种看法。

三爷在瓜田边上点了一圈大豆，绿油油、毛茸茸，长得很精神。我从豆苗间穿过，发现衣襟上多了一个胖乎乎的家伙，是豆虫。年少的我一屁股坐在地上哇哇哭，三爷却笑嘻嘻地走过来将它拿在手里，像捧了个宝贝。我咬牙切齿，发誓要把这个可恶的家伙碎尸万段。三爷不语，取出一个麦秆编织的小笼子，里面蠕动的全是豆虫。三爷说："你还小，不懂，以前乡下的日子实在单薄，庄稼倒是年年开花，但经不住这风那风，一会儿让种，一会儿不让种，一会儿天旱不下雨，一会儿发了大水看不见收成。村里的女人坐月子，没有红糖，更别说鸡蛋。毛娃子瘦得皮包骨，哪个当娘的不心寒？幸好南岗子还有一片毛豆田，豆叶被豆虫咬成了网网，豆虫个个吃得肚皮溜溜圆。村里会算命的'二神仙'说：'快把豆虫捡回来，一条豆虫给个鸡蛋都不换。'村里的女人吃了烧熟的豆虫后奶水哗哗淌，村子里才少夭了几个虎虎的后生。"三爷家的豆生，二十郎当岁，当年就是三奶吃了豆虫奶出的娃儿。

三爷把翻过皮来烤熟的豆虫递给我，我却没敢下口。再看看麦秆笼里的豆虫，多了一点可爱，少了几分陌生。

很多虫是可以吃的，这毋庸置疑，不过那些吃虫的年代太让人心痛。后来的我也吃过，大多是为了满足好奇的心理。逮了蚂蚱穿起来在火上烤，秋风里飘来一缕缕醇香；黑夜里捉爬到树梢去变蝉的知了猴，娘将它们放在油锅里炸了，有泥土醇厚的气息；还有在实验场做工的三哥，拿回家来一碟子紫褐色的蚕蛹，还没开饭就被我吃了个精光。我怀疑生在乡间的自己本来就有吃虫的欲望，像食物链里某个凶残的家伙，悄悄伏击在光阴的后面，伺机消灭每一只走过眼前孱弱的昆虫。

和虫在一起的时光是快乐的，不说像法布尔那样拿着一面小镜子照来照去，一定要分出雌雄，我也会因为某个小小的生命而耗尽一个下午的光阴。老屋和土墙的墙角有一张蛛网，占据了所有空间。

它的主人是只个头很大的蜘蛛，我叫它大家伙。大家伙是极少见的那种，长长的腿，圆滚滚的肚皮，很多时候猫在墙洞里不肯出来，蚊子和苍蝇太弱小，碰上蛛网根本动弹不了几下，便成了大家伙的美食。有一只土蜂从屋檐下飞出来，耀武扬威地在院子里兜了几圈，最后黏在了上面。刚开始，它还毫不在意，嗡嗡拍打着翅膀，后来发觉遇上了陷阱，手脚并用，撕扯着这些恼人的丝线。大家伙出来了，在洞口观望，等到土蜂的挣扎不再那么剧烈，便悄悄靠近。土蜂好像急红了眼睛，一边转动身体，一边伸缩着腹部的尖刺。那尖刺我是领教过的，额头被蜇了一个大包，娘用氨水涂了三天才消了下去。大家伙开始进攻了，它用丝线最先缠绕土蜂的腿脚，然后是翅膀，直到裹成了粽子才将其拖进了洞穴。

天渐渐黑了，我才离开了墙角。

大家伙救了我一次，到现在我还这样认为。老墙缝里有蟋蟀，我用棍子鼓捣了半天也不见出来。干脆用手去掏，摸了半天带出一个更邪乎的东西，它挥舞着粗壮的螯肢，尾部高高扬起，手，蓦地一疼，接着疼痛就传遍了整个身体。是蝎子！也不知是谁说的"蝎子没娘"，却让我翻来覆去着滚地直喊娘。娘慌慌张张地跑出来，毫不迟疑直奔墙角，挖开了大家伙的洞穴，将它捉来放在我被蜇的手旁。刚开始，大家伙还摸不着头脑，转了两圈，好像闻到了什么气息。然后趴在我红肿的指腹上，嘴里探出一根吸管，静静地吮吸着。说来真是神奇，浑身的疼痛忽然消失了大半。事后娘说蜘蛛是蝎子的克星，吸了蝎毒后必须用凉水冲洗才能保命。大家伙倒是也被冲洗了，然后被娘放在了老地方，但后来一直没再看见大家伙的影子。是搬了，还是因为给我吸毒而遭遇了不测？不得而知。从此之后，每每看见蜘蛛，无论大小我都会小心翼翼，生怕碰坏了它耗尽心力织就的岁月之网，打扰了它们静静流淌的时光。

　　人有善恶，虫也有益虫、害虫之分。譬如前面所说的蝗虫，黑压压铺天盖地，洗劫的是村里人的希望。还有那些肚皮溜圆的豆虫，虽然灾荒时充当过高蛋白，但不能不说它是禾苗的天敌，把叶咬成了网，把茎斩断在地。秋日里，桐粮间作的田间，常见一树树吊挂的布袋虫，像一个个黑色的幽灵在田野里穿行。你真的拿它没有办法，据说后来政府出面干预，一斤几毛钱，动员了很多人，一树一树地捉了去，或焚烧，或深埋，终于很难再见到黑色布袋虫的面孔。但随之而来的是，乡下的梧桐树也越来越少，如今广袤的田野上很难再见到几棵。至于什么原因，有人说梧桐树已经退化，也有人说少了布袋虫这样的天敌，梧桐树失去了斗志。是或不是，没有一个确切的答案，但在万物衔接的生物链上，缺了谁都不会再那么完美。

　　蛙们在歌唱，是因为有了虫类的滋养；蝉们在高歌，是因为有了大树无私的给予，汨汨的汁液像血脉一样流动，才孕育了天籁的音符。有虫的乡村，才是一个完整的乡村，虫们骚扰着庄稼或草木成长的脚步，农人风雨无阻地和虫们展开战斗，谁胜谁负很重要，但更重要的是在你来我往中交流着彼此对乡村和土地深深的眷恋。

　　很多人喜欢蝴蝶的美丽，我也一样。它在和畅的春风里展开翅膀，用迷幻的眼神审视着如水的时光。它的前半生是虫，毛毛虫，大青虫。你能说它卑微吗？用卑微的姿态化身为蝶，牵扯出一片风情。你能忽视它的存在吗？每个村庄的书签里都珍藏着一只美丽的蝴蝶，那是虫们最炫耀的签名。

　　一只蟋蟀又开始歌唱了，踏破浓浓的夜色，有月的清凉，有风的絮语。在有虫的乡村走路，每一步都可以静悄悄，每一步都无限真实。天上飞舞的是蜻蜓与蝴蝶的漫天情思；地上延续着蚂蚁们不辞辛劳的奔忙；还有那些浮游的小虫，在波光里快乐地舞蹈，逗弄着鱼儿闪耀的鳞光。

今夜，乡村是一叶华美的方舟，它载上所有的庄稼和草木上路。当然，还有我那与虫共舞的乡亲。我也会和我的虫们窃窃私语，说着来路，说着归途，说着眼下每一个真实的日子。

许下一个诺言，共舞此生。

乡村雀之灵

乡间有雀，麻雀的雀。

麻雀不走单。你看，一只麻雀先落在了地上，两只，三只，继而呼呼啦啦一大群，不知从什么地方钻出来，落在已经空寂的老场上，扒开草丛，寻觅着草籽或遗落的粮食。这些久居乡间的精灵，不知从何时起，也不知从何方飞来，自从来到了村子里，就一刻不曾离开。

初时，我们不懂麻雀的日子也和人一样艰辛，便弄一架木梯，蹑手蹑脚爬上房檐。这是我们已经盯了很久的一个麻雀的家。在傻五家破旧的土屋上，三两只麻雀每日来来回回，衔几根枯枝衰草，偶尔也从谁家衔来一块或红或蓝的破布条儿，急速地掠过我们的视线，像在苍白的天空用彩笔画了一道彩色的杠杠，又转瞬消失。过些日子，麻雀活动得少了，我们便确定屋檐下一定藏着好几个麻雀蛋。轻轻地，轻轻地，屏住呼吸，一怕一不小心弄破还有些温热的麻雀蛋。有一年二怕在屋檐上掏麻雀窝时摸出来一条红花大蛇，"娘"的一声从梯子上摔下来，半天不省人事。

麻雀蛋是掏出来了，一共几个已经记不清楚。但躲在一旁的麻雀爹娘，凌厉、悲痛、哀伤、急切的叫声却始终挥之不去。它们叽叽喳喳地叫，大略是在埋怨或叫骂："你们这帮坏小子，千万不要伤害我们的孩子！"间或一只勇敢的麻雀爱子心切，狠狠地啄在谁的头上，薅下一小撮毛发，留下的却是麻雀一家子永久的痛。人有人言，鸟当然也应该有鸟语。

或许因为麻雀不能像燕子那样，在秋天匆匆往南飞，可以欣赏到很多地方的美丽山水，也能看见更多村子里没有的人和事，所以有时候就显得有些急躁。春来了，及早褪去温暖的绒毛，换一身便装，一声呼哨，村子里的麻雀就聚集在了一起。它们在村头的刺槐树上，说哪天槐花儿开，说哪天麦梢儿黄，说哪天村西磨坊李家两口子吵了架，还没来得及打扫院子里散落一地的粮食……其实，村子里的很多事情麻雀都知道，能说的，不能说的，都被麻雀们传来传去，散落于朝来夕去的风里。小小的村子，小小的家，每天的炊烟照常升起。

有人说麻雀是家贼，这个我不同意。你看这个破破烂烂的村庄啊，一截子一截子的土墙，一座挨着一座的老屋，麻雀们并不嫌弃。冬来了，捡拾被冰雪覆盖的草籽；春来了，捉爬满庄稼的虫子；只有在秋天，人们匆匆忙忙把丰收的粮食运回了家，麻雀才呼呼啦啦飞越十月的天空，散布在空寂的田野上，觅得一星半点果腹的粮食。我想，如果有一天我也变成了一只麻雀，在村庄与田野之间飞来飞去，会不会有人擎一根竹竿驱赶我瘦弱的身影，会不会有人捆扎出一个骇人的稻草人，衣袂如妖，每天每夜守护在庄稼地里，让我时刻绷紧脆弱的神经。会或者不会，也许用不着思考，住在乡村的屋檐下，这世界对谁来说，只不过是一个小人物，一缕清晨的微风，一滴夜幕下的清露，这日子也便有了些生动与滋润。

一只落单的麻雀会不会寂寞？就如一个漂泊的行人，眼看着熟悉的炊烟渐走渐远，耳畔的鸡鸣狗吠渐行渐小。村庄的轮廓啊，只剩下梦中乡村地理上一个模糊的点，想一想，就觉得落寞与感伤。

所以，我想麻雀是上天安排的精灵吧。眼看着村里的第一座房子盖起，眼看着第一头牛、马或羊被圈进圈里，眼看着第一株庄稼向着太阳，挺直了腰杆，从此茁壮成长在村庄的视线里。作为一个并不能保守乡村秘密的见证人，麻雀早就将这些说给了天，说给了地，说给了乡间的花花草草和飞虫游鱼。

　　或许，我们感到好奇的应该是如此小小的生命，为何在乡间栖居了这么久，到今天仍不愿离去。

　　村后有一小片自留地，母亲用来种植一些诸如芝麻、秫秫或谷子之类的杂粮。母亲说好好看着，别让麻雀糟蹋了粮食。当然，年少的我并不理会这些，在树荫下看一会儿蓝天白云便沉沉睡去，醒来，一只麻雀正在我瘦弱的胸膛上跳来跳去，对其中的一粒纽扣发生了兴趣，执拗地啄着。我不动，继而更有几只大了胆子，一边跳过我的身体，一边叽叽喳喳，说自留地里的庄稼何时才能成熟。

　　——这也许是麻雀对幸福的定义吧，它并不在乎人的强大或诡异。在这个行动迟缓的村子里，麻雀的眼里只有麻雀，只在意把窝搭在谁家的屋檐上，而不在乎这家人贫穷或富有，然后兢兢业业地守护着子孙长大，等翅膀硬了，等会分辨虫子与粮食了，等它们终于可以像父辈一样在田野里转了一圈，日暮时还能沿着炊烟的气息找到家了，老的麻雀才会悄然隐匿。

　　叙述到此，我却有了些疑惑，见过麻雀的蛋，却始终未真正看见过麻雀的死亡（猫袭击或吃了拌了药的种子的除外。鸟的世界当然也会和人一样有很多未卜性）。哪怕见过一只麻雀的衰老也好，艰难起飞，然后歪歪斜斜刺进一片带血的夕阳——没有，住在乡间的麻雀始终生动在我的脑海里。一如此时，当我站在乡野的风里审视，它们依旧无忧无虑地跳跃或从容低飞。

　　短短的喙，褐色的羽毛，被风一吹微微张开的尾翼，淡黄的腿脚，纤细，却灵巧，跳跃或飞翔在村庄与田野上。不知为什么，忽然想起杨丽萍的《雀之灵》，跳舞时的杨丽萍姿态优雅从容，腰肢曼妙，仿佛在一个明媚的清晨苏醒，起舞，随着淙淙的山涧溪水，摇落缤纷花雨。灵巧的手指，不，是一只孔雀高贵的头颅，尽显鸟族的王者之风，张望春天，张望着群山以外的风景。

落幕。落幕之后是一个灵魂亲爱的故乡，因了孔雀的美丽，并注入了一个人的血脉，化成世间最美的图腾。

——而我的麻雀呢，孱弱、卑微而渺小，不是站在枝头叽叽喳喳，就是风一样掠过乡村的屋顶。当我再一次审视这些居住在乡间的精灵时，心头竟充满了温馨与牵挂。不得不说，在一个地方居住得太久，很多事物已经不是一个单纯的生命个体，在一只麻雀的身上，也能看见袅袅的炊烟，也能听到熟悉的乡音。甚至一回头，重新过滤曾经的来路去路，生命里留下的仍是一片纯净天空。

麻雀虽小，五脏俱全。村庄不大，也是我生于斯长于斯的故土家园。

雀之灵。我用笨拙的笔触将一株株庄稼复活，把屋檐描绘成暖色调的背景。交响是风，是所有榆树、槐树、梧桐树衬托的绿色音符。小河水流淌着单弦琴的清脆，雨打瓦片奏出的是细碎的鼓点，还有院落，还有老墙，还有空荡荡的场院，乡村的每一个空隙都填满了麻雀翩飞的身影：短短的喙，褐色的羽毛，被风一吹微微张开的尾翼，淡黄的腿脚……

在我这根孤单的指挥棒尚未放下的短暂瞬间，在我寂静的乡村舞台中央，聆听着心底那最深情的一曲——乡村雀之灵。

第一片雪花

　　第一片雪花落下来的时候，村子里很静，平常出来嬉戏追逐的鸡们早上了架进了笼，抬头望望昏黄的天空，默不作声。要下雪了，天为什么那么黄呢？那些飘过村庄上空的白云去了哪里？那片能把村子照得透明瓦亮的蓝汪汪的天呢？还有西天那片如娘做晚饭时烧出来的彤彤霞光呢？此时，俱已湮灭了消息，在静静等待第一片雪花的降临。

　　一只谁家的狗，追着撵着一个拾荒的老汉，老汉不慌不忙，把狗皮帽子反戴了，朝狗做了一个极为滑稽的鬼脸，狗就快快而回，然后抖了抖身上的皮毛，钻进路旁的一个柴草窠里，久久不肯出来。至于这些，第一片雪花看得真切，打从天上飘下来的那一刻，它就听见了鸡鸣狗跳，所以，来不及招呼其他的姊妹，只一个人翩然飘落。

　　第一片雪花要落到哪里？当然是安静的村庄。

　　入冬的水有些凉，被冷霜憔悴了容颜的小草，一夜间迅速逃离，只留下一片野生的枸杞在风中摇曳。那些果，小小的，红红的，像一个个飘摇在初冬的红灯笼，闪耀着光芒，成了小河滩上点亮的最后一抹色彩，在柔软地歌唱。小河里的水很清澈，再昏黄的天空也能看见有着水草飘摇的河底，鱼儿们大都躲了起来，或者藏进岁月的暗处，守望着第一片雪花带来的洁白。应该是吧，淙淙的小河也怀了这样的心事？要不，你看它走得那么匆忙，也要把自己打扮成一面镜子的模样。夜里映照冷冷的月光和闪烁的星辰；村里人还没睁开眼睛，它就开始擦拭自己。然后拂着河岸上野草垂下的丝丝长发，做成一个古朴典雅的相框，或者，再漂上一片黄黄的叶子，点缀着澄明的情思。静静的河水倾听着，永远流淌不尽的时光倾听着，没有谁告诉过小河，聪明的小河比谁都知道，那一片来自天国的精灵，准会在小河的上空落下，咯咯地笑着，惊醒了鱼儿的清梦，而后通报所有的族类——冬天来了，不如一起走进一片雪白的童话。

第一片雪花总是很恬静，也许她本来就是天国最宠爱的一个女儿，寂寞了一春一夏又一秋，在今天偷偷溜出清冷的后花园。后花园里的确很美，有盛开的琼花，也有冰清玉洁的玉树。第一片雪花才不贪恋这些呢，趁着天母刚刚把云彩收起、把日头藏起的瞬间，走出了那个没有烟火气息的宫殿。所以说，第一片雪花肯定是一位袅娜的仙子，衣袂翩翩，向往着冷暖人间。

也许这条路很坎坷，可你看她穿越浮华的身姿多么绰约，绝不会沾染俗世的刻薄；也许这条路太遥远，可你看第一片雪花飘舞的轨迹呵，是一条多么完美的曲线。也许，过不了今夜，等村子里的鸡鸣再次响起，等那条有点不近人情的狗从黎明的柴草窠里醒来，一树树玉树琼花，将会装扮整个村子。你去问，每一根洁白的枝条都羞怯不语。你去找，哪一朵晶莹才是第一片雪花的笑容？不如醉一回吧，唱一曲《一剪梅》，唱一曲温柔的《雪绒花》，就当是打听到了第一片雪花的消息。咯吱，咯吱，把脚印从村子里蜿蜒到村外的田野，去倾听麦苗轻柔的呼吸。

而此时不是，此时的第一片雪花还在天上飞舞，你不看见她的模样，也听不见她的私语。田野里也很静，静得只剩下麦苗绿油油的眼神，它们也在张望昏黄的天空。路边的杨柳，好像站得更高了，只为能第一个看见第一片雪花的笑容。我蹲下去，田埂子上的野草在朔风中屏住了呼吸。我想笑：你们这些调皮的家伙可没有第一片雪花的勇气哩！只会等着燕子呢喃，只能等待东风捎来春天的消息，才牵着手，并着肩，爬满了沟渠、小河边，然后汇集在田野里歌唱，累弯爹的脊梁，压弯娘的腰。

麦子多听话啊，秋风刮来的时候就睁开了多情的眼睛，和村子不远不近，诉说着不眠不休的情感。爹说，等吧，"牛马年好种田"，来年一准有个好收成；娘说，是哩，昨夜做了一个金黄色的梦，梦里的麦子会说话，像极了小儿子小时候的哭声。我咋就没听见呢？所以我把视线笃定地投向天空。也许第一片雪花知道，年年播种，年年收获，雪花从来没迟到过节气。也许，第一片雪花除了羞怯，还留有一份小小的矜持，飘啊摇啊的旅程，留给我那么多牵挂。

是啊，庄稼人有哪个不想念雪花的消息？像一片片洁白的纸笺漫天飘洒，认真地书写每一个春夏秋冬。春来了，第一片雪花和所有的姊妹顺流而下，给春风让路，给鲜艳的花朵腾开枝条，好让整个村子，都写满春天的浓情蜜意。然后，雪藏起来。留给村庄一大片思念的空间，弹奏昂扬的夏，或恢宏的秋，等待小雪。

小雪，一个多美的名字！当然也是一个节气。在这天，辣椒蹿红了乡亲们的喜悦，挂在村庄的门楣；玉米金黄了农家小院，挂在每个庄户人家的心里、梦里；还有那些劳作一年的镰刀、锄头和牛轭，都静悄悄地爬上了山墙，和村庄一起，等待第一片雪花归来的消息。

我有一个梦，一个洁白的梦，梦里的村庄躺在一个童话般雪白的天地。

那些披了白色纱裙的树在冬天舞蹈，村子外麦子居住过的田野燃烧着洁白的火焰。我还是我，打着赤脚从遥远的远方归来，第一脚踩在娘温暖的胸膛，第二脚踩在娘柔软的乳房，娘不怪我，她用她的青春为我编织一身洁白的温暖。我知道，那不是羽。而我，只不过是娘的一个没有翅膀的天使。流出一滴泪，幻化成第一片雪花的模样，苍白了娘的鬓发……

第一片雪花飘了下来，我的脚步迷失在村庄的深处，一种暖，开始在周遭蔓延，聆听着冬日到来的讯息。也许，真的是一片，一片雪花便足够幸福过往的时光。也许，不是一片，把洁白一片一片串起，就拥有了一生洁白的天空。

轻轻地，我亲吻着第一片雪花。天地一片苍茫。

住进一粒粮食

　　很多人住在粮食里，村子也住在粮食里。"兵马未动，粮草先行"，连村子里说书的四爷也这么说呢，所以更让人坚信自己就住在一粒粮食里。春天，打开胚芽那扇窗，就听见春风来了，就听见春雨近了，就萌动了情思，想要长成一株庄稼，沉醉在静美的乡村。

　　村里人都认得粮食，哪个时节播种，哪个时节收割，哪个喜水耐涝，哪个又可以和鸡鸭牛羊一起分享，无不烂熟于心。一粒粮食有多重，男人女人都知道。孩子们一大清早就爬起来背着"锄禾日当午，汗滴禾下土"的歌子上路。很多人都说这首歌子唱得轻巧，可到底有多少人体会其中的甘苦，往往只有住在粮食里的人知道。

　　曾经，粮食里都是秕子，日子也跟着秕。住在粮食里的人捧着一把粮食，哽咽着往前挨。说这话的是土生大伯，因为偷掰了生产队的两穗子玉米，被打折了腿，一瘸一拐说着关于粮食的辛酸往事。开始我不懂，问娘，娘说人没粮食实诚，吃了大锅饭，便蹲在田间地头东家长西家短。队长来了，抓起锄头挠两下，走了，屁股又粘在地上。最后只能在锅里照着影子吃饭。那时候的人想跳出粮食来过日子，单等着出来了，再想进去才发现为时已晚。

　　粮食有灵性，一分耕耘一分收获，教你怎么生活。

　　我经历过无数次播种，譬如麦子。新翻的泥土散发着岁月的醇香，父亲领着牛、拉着犁铧回家了，我抡起小小的镐头，专门对付那些巨大的土块。它们会挡住麦子生长的脚步，种子那么小，稚嫩的芽尖怎么可以突破这沉重的阻隔。所以，村里人在介绍自己的时候往往说"打坷垃的"。我也是"打坷垃的"，祖祖辈辈从田野里走过，流淌着汗水，只为给粮食打开一扇生长之门。当然，粮食能懂，风雨里齐刷刷的拔节声就是向岁月发起的冲锋。

粮食就是粮食，和草有着本质的区别。草只会牵绊着乡亲们的脚步，丰盈的粮食才是最实在的收成。这些，娘知道。从青春走到老迈，身负一个硕大的草筐，从这头到那头，在夕阳西下的时候，还不忘饱含深情地拂一下庄稼的叶片，将草背回家，给粮食牵来一个金黄的秋天。

去年夏日，当我在一块田打了除草剂赶往另一块田的时候，草们躺倒一片，风穿行在夏日的玉米叶子里。喊娘，娘应，说还有最后一小片。我默然，哽咽着将娘薅的草收拾在一起。娘蹚着沙沙的玉米叶子出来了，头发散乱，汗水浸透了衣衫。娘说这庄稼好着呢，今年肯定多打粮食。粮食啊！再一次刺痛我的心房。一个人究竟为了什么对你如此倾心，走过了七十多个春秋，依然陶醉在一粒粮食的深处？

每一粒粮食都有自己独特的味道，它用无尽的芳醇笼罩着简单的乡村。

邻村的"二里歪"烧酒，筛选出质量上乘的粮食，发酵，蒸馏，一滴一滴，滑落的是岁月的醇香。娘要做酱，豆瓣酱，精选出一粒粒黄豆的金黄，让颜色沉淀，再沉淀，揭开用泥巴糊就的坛子，浓烈的香醇萦绕在每一个岁月必经的路口。回头望，娘已老去，暖暖的慈爱在心底发酵成感恩的洪流。手握一把麦穗，灶膛口飘溢的麦香风一样弥漫了一整个童年。因为粮食，我有了健硕的躯体，可以只身来去在人生的风雨之中，胸怀对一粒粮食的虔诚，执着地在乡间行走。

这粮食，是生命必需的粮食。

整个村庄为粮食而活，也因了粮食焕发着熠熠的光芒。有人在晒粮，烈日下赤脚在粮食里行走，一粒粒晶莹的粮食在大地上静躺。也许它们在思考，思考着生长的意义，破土于大地，昂扬走在简朴的乡村。这里没有太多的欲望和攫取，有的只是农人憨厚的脸庞，披一身霞光上路，踏一路月色归来，如挚交，似生死与共的恋人，倾诉着彼此的忠诚。父亲在世时，常领着我走向自家的田地，告诉我哪块才是属于自家的田地。地界是一块青石或一根铁钎子打出的灰橛，里面灌了生石灰，时过经年也不会让别人占去。粮食，要分清楚，自家有一瓢绝不贪恋他人一瓮。

娘也很虔诚，用自己的方式表达着对粮食的深情。逢年过节，用五谷杂粮做成了面团，敬献神灵，祈风调雨顺，祈五谷丰登。有时我想这是多么简单的祈愿啊。风调雨顺，只为粮食从春到秋，又圆满一个风雨轮回；五谷丰登，只为家道平安，一家人围坐在粮食所营造的静谧时光里，追忆往昔，憧憬着远方。

住进一粒粮食里的，还应算上村子里所有安分或不安分的牲畜。"个个大"的欢唱，是母鸡在炫耀劳动果实。哞声悠远，是憨厚的牛躬行在广袤的田野。把种子播进土地，再用粮食充盈日子，是生命对生命的感恩与忠诚。没有谁背叛谁，风霜雨雪共筑起一所爱的家园。

粮食很小，每一粒粮食滚落在地，都很难找到踪迹。除非你有足够的耐心等待春天，等惊蛰的春雷一过，粮食便会顶着晶莹的露珠来看你。粮食很大，一粒粮食里住着整个村子和村子里所有的人，用爱的琼浆迷醉了淳朴的乡亲。

秋来了，粮食又一次登上时光的巅峰。谷子，那些谷子在稻草人忠诚的守护下低垂着谦卑的头颅，它们不善于表白，流淌成村子里女人香甜的乳汁，繁衍着乡村的新生。亭亭的是玉米，队列整齐地等待着岁月的检阅，用金黄闪烁在村庄的门楣。还有那些豆类，大豆、小豆、黑豆、绿豆，匍匐在大地的胸膛，一遍遍亲吻，互诉衷肠。

庄稼就是粮食，"民以食为天"，没有谁不该为粮食而心怀感恩。"春种一粒粟，秋收万颗子"，这不是一句简单的描述。多少甘苦，多少悲喜，只为这简单到不能再简单的粮食。轻轻捻起一粒粮食，仿佛看见了流淌的光阴，光阴里有父亲站在田埂子上重重的咳，也有娘钻出玉米田被汗水浸湿在额头上的花白。每个人都会老去，在最后握着那些和生命息息相关的粮食时，泪满眼眶。一粒粮食，以玉样的温润根植在一个人的胸膛。

我和粮食已经太熟，从蹒跚学步走到今天，无数次与粮食相拥而眠。也许以后，也许再过很多年，我仍然和粮食一样亲力亲为，走在质朴的乡村。没有惶惑，粮食的光芒会霞光般在心头普照，翻捡着那些共同的足迹，交流着彼此对土地无限的深情。然后告诉子孙：你们都是乡间的粮食，朝风晨露把你们养大，乡风厚土见证你们长高。无论身在何处，把粮食紧贴在胸膛，就能听懂大地的回声。

静穆的乡村在今夜无比安详，每一扇窗户都透出一种粮食的温暖。有的人故土难离，和粮食生死相依，共享着天地四时赐予的平凡岁月。有的人远离家园，今夜入梦，是否还能再回到那些住在一粒粮食里的温暖中？

一粒粮食，囊括天地。住进去，温暖一生、辛苦一生、感恩一生、回味一生。

是谁先看见麦子熟了

　　也许那时候我正骑在黑蛋家的墙豁口上等黑蛋，爬过窄小的门槛，偷出一个像黑蛋一样黑的地瓜窝头。风，一个劲地吹——不知为什么，原本清晰的记忆被风吹得有些凌乱。也许，是风吹着，作为指引，把我的脚步从村里吹到了村外，远处传来一两声布谷鸟清脆的叫声，天才变得清亮了许多。很多会飞的小虫，从草丛里，从小树林里，从长着灰灰菜、野枸杞和刺老芽的沟渠里，一股脑钻了出来。迷茫的天空顿时增加了几许动感，也让人有些感动——毕竟虫子们还在天空飞舞，毕竟这个夏日有某种隐隐的期待，毕竟风里传来了麦子清清的香甜。使劲吸了吸鼻子，苦楝花的花粉挠得鼻尖直发痒。

　　这时候，布谷鸟的叫声好像更殷勤了，不似前些日子，我从某条田埂上走过，远处传来单调的一声，然后销声匿迹，寻遍了很多杨树、刺槐、梧桐树，也没看见一只布谷鸟的影子。后来，掐了一把青麦穗，在娘做晚饭的灶火上烤到焦香，香甜了青黄不接后的第一个梦。

　　雨就下了。这时候的雨多少有些让人担心，种了一辈子庄稼的麦收爷披着蓑衣站在地头上，守着。风裹着雨，雨夹着风，一股股地在麦田里乱闯，一会儿这边倒下一片，一会儿那边又站起来一片。"雨下就下点吧。老天爷，你叫风歇歇。"麦收爷嘟囔着，却一直不肯离开，草帽上的雨水滴答滴答，落在用秫秫叶子编织的蓑衣上，然后一溜儿流进脚下的水汪里。或许，我正躲在老场上的一个经年的麦秸垛里，豆大的雨点把我攥了进来，也把在迷茫的光天里飞舞的虫子攥了进来，安静地伏在一根麦秸上。或者还有一只怀了孕的蛾子，笨拙的身躯努力地挤了又挤，去产卵。过不了多久，放飞更多在麦田上空舞蹈的飞虫。

　　到底是谁先看见麦子熟了呢？风来过，雨也下过，那些飞舞的虫子，也曾把杂乱无章的舞姿奉献给了这个季节，却始终没让我弄懂——到底谁才有一双这样细致的眼睛，把麦子从青看到黄？

　　麦子啊，小小的麦粒这般沉重。我吃黑乎乎的地瓜窝头时想着你，吃填不饱肚皮的野菜树叶时想着你，甚至在某天夜里，哭着喊着："娘，给我一个白面馍馍。"脸上挂着泪，遗憾地走进有一片麦子熟透的梦里。夜俯视着乡村，也怀抱着乡村，那宽广的胸怀会不会第一个拥抱成熟的麦子呢？麦子走了很多年，村庄也忙碌了很多年。生灵执着的脚步，深深根植在黄土里，有一株麦子生长，就有一棵草开始窥探春天。不知什么时候长大的，当脚板像父亲的一样结实，当胡须像麦子一样茂密，我知道，我与这个村庄，与这片土地，与一片又一片的麦子，已经深深结下了盟约。

　　镰刀，沉睡了一年的镰刀，亲吻着小河边的青石板，噌噌，噌噌，把星月光芒凝聚在一起，凝聚在弯弯的意象里，凝聚在凛凛的刀锋里。有播种就有收获，不用瞎二爷每天坐在村口的土墙下扳着指头掐算节气，麦子也会准确无误地走到芒种，在烈烈的日头下，低下头，谦逊而忠诚地等待收割。可到底是谁先看见麦子熟了呢？娘把去年用过的口袋，该洗的洗干净，该补的缝补整齐。然后，给自己缝了一个最大的蛇皮袋子。

　　油画《拾穗者》不知不觉闯入了脑海：一望无际的麦田，一望无际的天空，粗布的衣裙，沉重的旧鞋子，三位弯腰驼背的母亲。我想，米勒在画下这幅画的时候，是不是也想起了自己的母亲——怕炙热的阳光会烤干母亲的血肉，怕潸然的泪水扑簌簌滑落，滴在生命的画幅上，濡湿一整个麦收季节……

　　这时候，我知道，是娘先看见麦子熟了。

一口老井是村庄眼窝深陷的眼睛

清晨，鸡鸣啄破了天空，雾还没散去。水缸里的水早已见底。门后，放着扁担；锅灶旁，放着两个水桶。扁担钩着桶，横在肩上，晃晃悠悠出了门。直奔一口老井。

老井是谁打下的，不知道。幽幽的青砖壁上，生了厚厚的青苔，经年累月，早已看不清本来的模样。但是青砖习惯了这样的沉默，井外的昼夜与之无关，村子里的纷扰与之无关，静下心来，独守一眼老井，也许就守住了时光安然。井沿上的青石板，谁知道是哪个朝代先人的碑石，三块还是两块，反正已然模糊，千万双脚，千万次的踩踏，想必，含笑九泉的人，也为死了还能为村庄做一件善事，期盼着早早托生到一个好人家而毫无怨言。

打水，幽深的井口，水汪汪一片，白天流过天上的云，夜里数过银河里的星辰。人一来，水面上颤动着一丝不易觉察的涟漪，咣当一声，把水桶涮倒了个儿；咕咚，灌满了水。小孩子则不然。一日日长大，爹说别吃白饭，眼见水缸见了底儿，去打水。也是扁担横在肩上，却是这头高来那头低，总也不能说服两个水桶安生。到了井台上，先倒吸一口凉气。乖乖，黑咕隆咚的一口井，虽说不算太深，但也是这般骇人。来都来了，要不，旁边站着一个谁家的小妮，以后见了不笑掉大牙才怪。红着脸，憋足劲，硬着头皮，一松，一提，水桶也是咣当一声——是水桶碰撞井壁的声音。往井里看看，水桶好像灌满了水；又不敢确定，提上来，这才看清，原来，只灌了半桶。多来几次就好了，世上的事情，原本如此简单。鲁迅还说呢，这世上本没有路，走的人多了，也便成了路。回头想想，是书念多了吧，生生一个书呆子，熟能生巧哪能如此形容。形容不形容的，一个年轻的后生，挑着桶走在胡同里，东一扭，西一斜，步子踩得歪歪扭扭。扁担爷看见直摇头——生坯子啊，多久才能长大？

扁担爷住在家庙里，无儿无女，一大把年纪。早年替队里赶过牛、放过羊。后来分了土地，家庙里的香火却并不怎么旺盛，他干脆以庙为家，青灯古佛，过起清简的日子。老井就在家庙前，十几步。井旁长着一棵米槐树，至于多大年纪，没有人知道。扁担爷说，那时他还小，有一天，驻扎在高庄的日本鬼子，踩着牛皮靴踏踏从老井旁走过。扁担爷藏在树洞里。日本鬼子的刺刀一捣，扁担爷就撑着身子往上一跳；从树冠上的洞口里爬出来，日本人的皮靴声，已经走出很远。扁担爷啐了一口，说兔子的尾巴长不了。果然，后来就解放了。

平常，家庙前，老井旁，是一个村子里的人最喜欢扎堆的地方。端着碗，脚就不由自主地向井台方向走去。你家炒的白菜疙瘩，我家腌的胡萝卜，反正都没什么好吃食，你一口，我一口，让着吃，换着吃。真真像是和和睦睦的一大家子。老井不说话，和气的眼神，望向天空，云开了，雾散了，雨下了，雪飘了，悠悠的日子悠悠过。苦命的乡下人，再穷，也有一口滋心润肺的井；再不济，也有一个遮风挡雨的家。

天旱时，地里的泥土，干裂成小孩子的嘴。苗子，稀稀拉拉。即使田里有井，也早已见底，把水桶吊在井底，扑通一声，除了灌上半桶泥汤汤，说不定，还有一条蛇，或者一两只癞蛤蟆。等，总不是个事。全家老少齐上阵，洗衣盆、水桶、水缸、洗脸盆，一溜儿排在井沿上。老牛，站在米槐树下，耷拉着眼皮，喘粗气。渴，人的嗓子里直冒火；牛拉了半天水，怎能不渴？家庙这会儿派上了用场，扁担爷在泰山奶奶的眼皮子底下，把床铺腾出地方；一个个庄稼人，俨然成了善男信女，进进出出。一尺多高的香，总是燃个不停。晚上还要唱戏，也不知哪个祖宗兴下的这般规矩。不过这样也好，白天，烧完香，磕过头，看看毒辣辣的日头，摇摇头，叹口气，还是提了老井里的水，去浇地。忙活了一天，总该歇歇吧。南乡来的胡瞎子，三弦轻弹，慢摇简板，气定神闲，说一段《罗成算卦》《穆桂英征西》，命若琴弦。米槐树开花了。长在老井旁，怕是再旱，也缺不了米槐树的生命之水。不知道那些根，百年的，几十年的，新扎下的，是不是早把老井紧紧地抱在怀里。晚风吹来，淡淡的米槐花香，趁着月辉播洒。白日里累得油尽灯枯的身子，就在这静默的月色里，一一复活。

是呀，人总要活下去。有了老井，就有了活下去的底气。弱水三千，只需一瓢饮。村子知不知道这个道理，不要紧；要紧的是，日子还是一天天好了起来。

气色好转的村子，开始常常有鞭炮声传来。盖房子，"龙抬头"，下地基，不消一个月，一座崭新的房子便立了起来。老房子住的都是老的人，老的人给新的人盖了新房子，自己不住，所以都盖在大路边。宽敞。不过再宽敞还是没人住。

不知道从哪天起，村子里的人开始陆续外出。一个人的脚印踩着另一个人的脚印。地，早就旱了；孩子去上学，老人没力气；再说，一年的收成也打不下几颗粮食。扁担爷死了，家庙彻底空了下来。只是偶尔，逢年过节的日子，村子里的老人，才烧上几张黄裱纸，燃上一炷香，香烟袅袅，祈愿离家的孩子，平平安安。村庄，反正已经成了这个样子——从村东走进去，从村西走出来，只听见一只老狗气短的叫声，很少能遇见几个人。

也不知从哪天起，老井渐渐很少再有人光临。井沿上的野草，把沉重的碑石，掀了一个个儿，把断裂的碑石掀进老井里。小时候曾经幻想过，把几条鱼投放在井里，等哪天用水桶提上来，看它们长成活蹦乱跳的样子，而这幻想早已化为泡影。曾经的米槐树，我们手拉手，好几个孩子才能合围，终于不再发芽。树枝一截截断落，树皮干裂，到后来只剩下一截空洞的树桩子。拉水车的老牛不见了，等水喝的羊不见了，提水吃的人呢？为什么也不见了踪影？

此时，在村外的哪个角落，过着孤独的流浪生活。

我不能描述一口老井走过的岁月痕迹，但我能想象乡间的每一口老井，都曾有过许多风光润泽的光阴。来自大地深层的水，泉眼般汩汩涌出，它在倾诉，倾诉过往的热闹与欢畅。唱评书的胡瞎子来过，放电影的人来过，唱大戏的戏班子，把戏台子搭在家庙前，把令人唏嘘的戏里人生，说给戏外的人，说给一口接地通天的老井。老去的村庄里，很多事物都不见了。我不知道，那些没有腿脚的器物，曾经带给人们那么多收获与满足的器物，后来都去了哪里。

黄昏，暮色浓浓，一只乌鸦口渴了，站在老井旁边的树桩上，一动不动。它没有可以解渴的石子，无论付出多大努力，也不能将石子填满一口无水之井。那么，那些曾经清凌凌的水呢，如今流经村脉时，会不会滑落一声声叹息？

我合上眼睛，眼前模糊的景象，再不忍带进一个空荡荡的梦里。老井像村庄的眼睛，眼窝深陷。你在等谁呢？你终将湮灭在曾经的家园，让我们来日的来日，再也找不到一汪有根之水。

人其实高不过一株庄稼

人住在村子里，养鸡，喂狗，用铡刀铡碎一捆青草，是为了一头牛青青黄黄的日子。鸡会打鸣，会下蛋，会在村前的小河滩上领着一帮子子女逮蚂蚱。人也想，可是脱不开身呀，村外的田里种着庄稼，村子里整天发生着大大小小的事情。所以，人想活成一只鸡都不成；再说，鸡的下场也不怎么好。狗最会看家，看似卧在墙根下，眯缝着眼，稍有动静，就红了眼，把一个汪字重复喊了很多遍。其实，见你一哈腰，它便弓了身子，夹起尾巴，钻进一个柴草窠里，再不愿管别人的闲事。人不像狗，要不然，活得多没意义。想要下田，看见谁家的门没上锁，叮嘱在门墩上用泥巴盖房子的小屁孩："看好你家的门啊，千万别让生人进去。"小屁孩头也不抬，"嗯"了一声，继续用手搓了一根泥檩条，小心翼翼地将它搭在房梁上。

牛呢，我不说你也知道。主人下地了，它被拴在村东的一棵歪脖子柳树上，日头在东，在西边卧；日头爬上南天门，就靠紧了柳树根。嘴倒嚼着，尾巴甩来甩去，也拍不到一只苍蝇。日头落在屋檐上的时候，牛们大都站起身来，朝着庄稼地的方向，"哞——哞——"喊了两嗓子，不大会儿就有人走了过来。天就黑了。

庄稼住在田地里。南岗子、西水洼起起伏伏，不咋平坦的老河滩上都是庄稼的家。眼下，庄稼做不了自己的主，村子里有的是人。别看平常不怎么出来，开春了，动镰了，一个个像从战壕里跃出来的士兵，跟无形的时光拼着抢着，不过是为了果腹，重复上演着祖先持续了很多年的战争。庄稼一开始不大理会这个，好像有了人，日子便再不会像草那么索然无趣。老河滩上的草没人管，发芽了，开花了，结果了，顶多飞下来一群叽叽喳喳的鸟儿。羊呢，比较挑嘴，喜欢的，抿在嘴里，不紧不慢，咀嚼着光阴；不喜欢的，比如刺老芽，便打了个响鼻，分明在告诉自己的子女：那玩意儿碰不得。

至于庄稼到底羡不羡慕草的活法，这个你得问庄稼。反正，乡下有风也有雨，有寂寞的寒冬，也有漫长而火热的盛夏，草能忍受，庄稼也不惧怕——脚下一样是贫瘠或者丰腴的土地，头上是或阴或暗的天，生长时不妨昂首向天，成熟时不妨低头看地。这日子，悠悠远远，不也已经走了很多年？

凝望炊烟，静听流年。

人这一辈子啊，还真是有些复杂。不能像一株草，也不能像一株庄稼，在野地里生长。像蚂蚁那样日日辛劳，不过是为了寻找一个遮风避雨的处所。村子就是一个蚂蚁窝，一个个老去的蜂王靠在土墙根下晒太阳。他们拿不起锄头，也背不起草筐，眼看着村口那棵刺槐树上的叶子落了一片又一片，老去的脉络里已寻找不到春天的影像。他们却又无限希望着，看咿咿呀呀在土里打滚的娃儿们笑得合不拢嘴——虽然他们那些坚硬的牙齿已不知去向。也许吧，咀嚼了那么些年的庄稼子孙，此时已风化在泥土，紧紧握住每一条根，千叮咛万嘱咐，一定不要错过时光，记得在春天上路。

一株庄稼就是一种温暖——但不一定就是粮食。十月的棉田迎来了收获的季节，那些丝丝绒绒的棉絮，将被村庄里勤劳的妇女采收在贴身的布兜，在一个个寂寞的夜里，嘎吱，嘎吱，纺织着最平凡的一生。那些棉的温度，从此将披在男人身上，暖在男人脚上，甚至，远在千里的儿女，从邮局的包裹里，轻轻，取出，一种暖意会霎时夺眶而出。远在天涯的你，是否也在牵挂这样一种温暖，那细密的针脚，就是一个母亲用尽一生，写满的爱的叮咛。

一株庄稼长啊长，分明在汲取天地日月的精华。有一种庄稼叫谷子，细细的茎，狭长的叶子，于夏日的某天，被跛足的父亲一粒粒点进田里。阳光有多热烈，生命就有多少激情。起初，它们和草真的没什么两样，扎根，分蘖，像风一样顶着七月的火热往上蹿。

静止，就是静美——这是在秋天，才能体悟到的一种美丽情愫。满地的谷子啊，穗头比麦子大了好几倍，齐刷刷地低下谦卑的头颅。稻草人适时登场，这个陪伴了土地与乡村多年的神秘人物，就像一尊神的雕像。或者，凝视了乡村很久，像一位普度众生的圣母，轻轻一拂，母亲的乳房也便因了谷子在这个季节迅速膨胀。鸡蛋、小米加红糖，乡下的母亲执拗地将它们当作"吉祥三宝"，吃腻了也要吃，喝够了还要喝，只为能给这个贫瘠的家园以最大的希望。让男儿如山，让女子如花，继续奔跑在乡村或乡村以外的岁月。

学做一株庄稼不容易。

七奶放下手中的镰刀，向远处张望。她在等谁呢，哪怕一阵风能捎来马儿的消息也好。这样，七奶在乡下寂寞的夜里便不会再哭泣，不会流干了泪、模糊了眼，以至于连梦中儿子的模样，也一天一天不再清晰。

马儿是七奶的长子。小时候，他喝七奶用鸡蛋、红糖加小米催出来的奶水长大。长大了的马儿是一匹骏逸的小马驹，七奶一天念叨他一百遍也不觉得烦。

马儿上学了。马儿落榜了。马儿在家门口不怕风吹雨打太阳晒、蚊子咬了浑身红疙瘩，也不肯放弃学习。马儿参军了。马儿考上了军医大学。马儿娶妻了。马儿提干了……马儿却很少再回家。到后来，村里人再也没见过马儿的踪影。木匠六爷说了："人啊，还不如一株庄稼！"

人哪，有时候真的不如一株庄稼。一株庄稼离村庄很近，见风就长，绝不辜负乡下母亲期盼的眼神。纺成丝线，不是为了牵绊，是为了寄托一种远在天涯的温暖；熬一碗热粥，不是为了挽留，是为了把积攒一生的祝福装进儿女的兜。想念时，哪怕是梦呓也会叫出最亲最暖的那个字——娘。

玉米又长起来了，蝉的歌声无比嘹亮，村庄在仲夏里安详着。人还是村子里的人，唤狗的唤狗，撵鸡的撵鸡，把日子过得琐琐碎碎、细细长长。一株庄稼在田野里，听风，听雨，听蟋蟀柔柔的丝弦，明明知道人其实高不过一株庄稼，也不炫耀所谓的丰功伟绩。

其实，人知道就好。知道了一株庄稼的高度，才能仔细审视脚下的土地，无论走多远，不忘却，不迷惘，就会像一株庄稼，明晰自己的方向。哪怕最后化身为土，也会在来生苗壮成长。

村　子

大地上有这么一个村子。太阳从庄稼地里升起来，照在空荡荡的村子上空，该醒的都醒了，没睡醒的还在继续沉睡。

村子很旧，很旧的村子里有很旧的院落。很旧的院落里有很旧的房子，从很旧的房子里走出来一个很老的老人，花白着胡子，浑浊的眼神，像从一本旧书上走下来的版刻。他想抽烟，捏捏巴巴地从破旧的口袋里往外翻，翻出了昨天抽了一半后掐灭顺手丢在口袋里的烟。他颤抖着一双很老的手，摸出一个打火机，接续上昨日的烟火。

人老了，日子就像一支被半道掐灭的烟，说不定哪天隔空伸出一双手，掐住人活着的路口。缺氧的火星子注定会灭，被时间掐住的命程也就走到了终点。没人能再帮你点着。村子里的年轻人都走了，走很远的路，去外面寻找活路。老了的命不好，即使翻过很多山，蹚过很多河，也没人要你：雇主眼皮子抬也不抬——哪里来的棺材瓢子回哪里去，这里只需要人做工，不养爹也不养爷。

爹和爷就留在了村子里。

晚上，脚步趔趔趄趄，把鸡鸭羊赶进圈。望望，已是漫天星辰。艳阳天，晒了一院子的新棉被、棉衣，收拾了很久，才装好柜子。新棉被，新被里，新被套，年轻人一年盖不了几回。过春节的时候，拉出来铺在床上，那时候的家才是家的样子。

拖鼻涕的娃娃醒来得很早。夜里睡觉，嘴里喊"爸爸，我要尿尿"。

爸爸哪能听见？这时的爸爸正在他乡的工地上入眠。在脚手架上干了一天的活，睡觉前喝了点廉价的苞谷酒，以解思乡的忧愁，然后在工棚里睡得像死猪。睡不着的，怕是家里来了电话，说年迈的母亲前几天下雨出门，跌了一跤，胯骨摔裂一条缝，正在医院治疗。所以，睡不着的像鏊子上煎咸鱼——走吧，脱不开身；不走，牵挂家乡的亲人。

爸爸不在妈妈在，可妈妈总是睡不醒。白天，妈妈把孩子丢给迈不动腿脚的爷爷奶奶，一个人去田里干活。打药施肥除草，总要十天半月这茬子庄稼管理才算告一段落。朦胧中，身子像陷进一片看不到尽头的汪洋，差点把妈妈漂起来。妈妈的性子有时也不咋好，大半夜捞过来尿床的娃娃，三巴掌打得娃娃将哭声咽了下去。抽泣着，颤抖着，委屈着，娃娃依旧躺在妈妈汗水腥咸的怀抱，沉沉睡去。

娃娃醒来的世界一片光明。裤子反穿着，鞋子一样一只——都是顺脚。乡下的娃娃才不管这些，袖子一抹鼻涕，满院子追赶一只刚刚下过蛋的鸡。

女人就是女人，村子里总还有几个撇不开家的女人。她们大清早拎着洗衣盆，去河沿上洗衣。泥鳅媳妇说："大兰子，俺昨夜做了一个不好的梦，梦见俺家泥鳅陷进一片污泥里，他直喊、直伸手，就是拔不出身子。"大兰子的男人树根和泥鳅同在一个矿上挖煤。大兰子说："堵不住你这张臭嘴，你是电视上看透水事故看多了吧，一天瞎寻思。"说完，狠狠白了大兰子一眼，眼神却转向别处，悄悄地，用衣袖拭了一下眼。谁知道大兰子做的是什么梦呢？大兰子是村子留守女人中最能干的一个。公公原先在村里当支书，两年前患了半身不遂，得亏有这样一个风风火火的女子。其实日子长了，也就没啥，大不了替公公接屎端尿翻翻身，伺候一天的吃喝拉撒。过年，树根回家，他爹用表情严肃的半张脸告诉树根："既然回家了，这月便再也不能让大兰子忙活，喂猪喂羊，磨面洗衣做饭，敢指使一句小心我打你个不孝的瘪犊子。"树根傻笑："爹，就是让您打，怕也抬不起你老人家那胳膊吧。"

很多年了，村子还是原来那个村子，人还是原来的那些人，死的由生的来填补，生的由死的腾出位置。老街都是老院、老房子，墙塌了没人垒，房子漏了用石棉瓦苫上。村口的一棵皂角树，有天被城市规划局的人拉走。乖乖，比亲爹照顾得还周到。怕晒，给它盖上遮阳布；怕磕，给它缠上棕绳；怕丢了原来的风水，风水先生捋着山羊胡，酉时三刻，点一挂万字头的炮仗，再启程，准保大树无恙。

大树无恙，那村子呢？

那一村子的风水应该去哪里寻找？

没有了皂角树的村口空荡荡的，村子里年纪最大的羊七爷，拐棍捣着地，看着车屁股一溜烟远去的那帮孙子说："我爷爷小的时候就在皂角树下尿尿和泥，那时候，大总统的教育总长还瘦得像一根黄瓜秧。"皂角树移走没多久，七爷就死了。村子里的人知道，在某种意义上，三百年的皂角树早就成了村子的魂魄。七爷的魂，也跟着皂角树走了。

皂角树下流过多少好光阴啊。河南坠子《罗成算卦》那叫唱得一个响：幼年的好事我不用算哪，七岁八岁你读书篇，九岁把武艺学到手，十岁文武你两双全，十一命运天造定啊，背着你的爹娘到外边哪……

招引来三里五村的男女老少，坐在皂角树下听那过去的光阴。谁说时光一走不留痕呢？只是那些时光的刻痕早已镌刻在村人的心里。那时候的人，那叫一个亲：大年初一早上，别的村的人踩着噼里啪啦的炮仗进了村，给老人们拜年问好；村子里的人也一队队地到别的村子问好拜年；见面的大爷婶子、姐妹兄弟，喊来喊去咋看都是一家人。

皂角树走了的村子，是不是村脉也断了？没人知道。可无论怎样，土地还在，村庄还在，就得好好活下去。

蹲在墙根下的老人们，眼睛越来越像时间打凿的洞口。向里望，一眼望不见底，只看见丝丝的忧伤。他们的力气被神收走了，或许会在某天清晨，想起来，却感觉四肢瘫软、浑身无力。想喊，缺了牙齿的嘴，也像一个空荡荡的洞口，嗓音嘶哑无力，接续不上气。脱坯，和泥，收割，推着咿呀的木牛车去换粮，那时候浑身上下都是力气。力气是一点点被神抽走的，人过了五六十岁开始走下坡路，神就在天上看着，一丝丝，一点点，抽走身上的力气，好给即将出生在村子里的新人。老人们知道了也不后悔。年轻人出去打工，只要一丝力气尚存，老人们就在家领着孙子苦熬。孙子说："爷爷，广州在哪边？爸爸是不是骑上车子就能回来？"爷爷说："能，能呢。乖孙子，过了河不远就是广州，差不多一袋烟工夫就到了。""嗯。"孙子在学ABC，阳光洒在院子里，像一声声清脆的鸟鸣，在村子上空传了很远。

总有好事者，每每从田里归来，从村东走到村西，叮嘱各家各户把院门关好，看好家里的东西。听说昨天夜里，李小楼李歪嘴家丢了七只羊，整整七只。李歪嘴一天嘴上长满泡，老太太一下回不过神来，哭着闹着要往井里跳。

唉，闲不住的贼呢。村子都成了这个样子，你咋不跟世界接接轨，学人家梁山好汉，土匪也一样劫富济贫。

夜幕下的村子像一只倦了的甲壳虫，把头深深埋在地里。鸡鸭牛羊入梦，锅碗瓢盆偃旗息鼓，有多少还在亮着灯光的窗子，就有多少想家的人。

星星都睡了，村子也恹恹睡去。

———— 第四辑 稼穑：————

母亲，你用草的词汇向我诠释血地

稼　　穑

一　听，喘息的犁铧

父亲站在天空下，父亲站在田野上，父亲是一棵行走的树，走到哪里就决意把根扎在哪里，决意把种子种在哪里。

此时是早春，早春的土地整洁、微润。春露是如水的眼神，轻轻一眨，俘获了父亲的灵魂。这辈子，还有像父亲一样如此钟爱脚下土地的人吗——在梦里，父亲渴望拥有更多的田土，他不怕累，坚信自己的骨骼是铁打的，笃信一个热爱土地的人灵魂也渗透了泥土的符码。由此，父亲学会了静观天象——有风，无雨，还是雷电交加。父亲不怕，一个拥有泥土之爱的人在这个世界上不再孤独。所以，他在梦里抚摸遍野花香。由此，父亲变成一个多愁善感的人，在烈日下的田坂上，和一株蓬勃的秧苗，用挚爱的眼神无声交流。一次次，父亲在睡梦中呓语：乖乖！好大一块地。啧啧！好大好大一片庄稼。我小，当然不解。我只知道出生在乡村的屋檐下，就注定了脚下的路，注定了一辈子和乡土脱不了干系。有时我竟心生怨怼，怪投胎不好，让我降生在贫瘠的乡村，而不是繁华的都市。

扳着指头数节气的父亲，终于有一天重重丢下手中的碗筷，用粗大的手掌揩了一下嘴唇，他已经不小了——父亲接过祖父手中的老屋和赶牛鞭时，脊梁像树一样挺直，站在春天的田野上。云雀从蓝天飞过，磕头虫跌跌撞撞从冬天醒来，蜘蛛从枝丫上悠然滑落，荡起的"秋千"上沾挂了一滴晶莹的露珠。是上天的赏赐吧，作为大地上行动诡异飘忽的一族，蜘蛛比任何人都明白皇天后土的恩泽，当它虔诚地在半空低吟赞美诗的时候，父亲一转身，已经套好那头忠诚的老牛。犁铧，深深地插入早春的泥土。

土地，多么宽广、辽阔、厚重的一个字眼。当我无数次行走在土地上，一次次抚摸这个沉默得极易让人忽视的词语时，浓郁、苍凉、悠远的感觉扑面而来，像一个人独自行走在浩瀚的时光隧道，没有光，没有太阳、月亮和星辰，没有喧嚣的车马、明火执仗的掠夺和沸沸的人声。一片土地只是一种鸿蒙的思想，深埋千年的莲子在里面，单纯的被子植物在泥土里孕育，草、庄稼、飞禽走兽，像搭载一艘从远古驶来的诺亚方舟。当大水退去，当父亲打开那扇属于自己的生命之窗，他才知道，原来一片土地就这样静静地在他的前方守候。原来，一双卑微的血肉之手，也能开垦出一片繁花胜景。

老牛的步态是沉稳的，眼神中闪过一丝忧郁沉着的光芒。它无法不去想象自己的身世，想象自己为何与父亲兄长一样在泥土中跋涉。其实，父亲的心也连着老牛跳动的心房，遇到坚硬的泥土，父亲的腰弯弓一样，射出力量的箭矢。从低低的长鸣里，老牛大略懂得了父亲的心意，钝钝的犁铧，翻开厚厚的泥土，散发着黑金一样的光泽。

人与牛建立起一种默契，往往需要时间的打磨。也许父亲的那头牛还记得，在一个集市角落，瘦弱单薄的牛犊，眼神像孩子般张望。它看不懂主人和牲口牙子的手势，也弄不懂它的命程将去向何方。长着络腮胡子，一眼看上去就是一个凶狠的屠夫，一次次把目光从小牛的身上收回，不无惋惜地说："可惜太瘦了，出不了几两肉。"父亲在一旁踟蹰，踟蹰的父亲不想让人家觉得他现在急需一头耕地的牛。眼看屠夫一次次真真假假往上加码，父亲这才红着脸，说出一个双方似乎都很满意的价钱。就这样，一头骨瘦如柴的小牛被父亲牵到了家里。

我知道一头称心如意的牛，对于庄户人家来说意味着什么，就像知道一片土地如何喂养了一家人苦度的光阴。喂牛，父亲的细致令人咋舌，田里割来的青草，必须在小河里淘洗三次才可；夏天收获的麦糠，一次次在阳光下暴晒，父亲说，牛胃虽糙，也怕麦糠霉变。耕作的时节，父亲总是拿出仅存的一点黄豆，炒熟，和麦皮、青草拌在一起喂牛。即使家中没有，也会让母亲去借，好像那头牛比自己的儿女还要亲近。

所以，父亲手中的缰绳，就是存在于父亲和牛之间血脉相连的一根神经。偏了，斜了，父亲抖一抖缰绳，蹚出的犁沟就像绳墨拉出来的那样标准。牛累了，吃重，父亲也觉得心中疲惫，汲上一桶清凉的井水，人和牛一通猛饮。然后，躺在树荫下，积蓄力量。

深翻的土地上，总有一些好玩的小玩意儿。比如一根生锈的发簪，不知是不是母亲在给耕田的父亲送饭时遗落在田里，深埋于泥土之下，被后来的我捡拾、擦亮，重返母亲的鬓间。一枚小小的贝壳，如银饰般在泥土里闪光，被我奉若至宝，如今还放在书桌上，我依稀能听见海风呼啸的声音。或许，一片土地曾经是高山、是海洋；沧海桑田，当天地又一次展露笑颜，我们便拥有了一块属于自己的土地。

我附耳在大地上倾听过地核深处的心跳。初时，寂然无声。继而响起沉重的脚步，咚咚，咚咚。再后来，听见一匹马嗒嗒而来，一头牛的哞叫由远及近。后来，我还听见了鸟语，闻见了花香，目睹了五谷丰登。五谷丰登的田野上，父亲如草根将军，像树一样挺直的脊梁，大手流云般一挥，迎来又一个丰收的年景。

而今，我仍然在侧耳倾听。在黄昏，在田野上，在宁静的大地上，听父亲和一头牛远去的脚步，渐行渐远，告别耕耘一生的乡土。再仔细一些，就听见犁铧的喘息了，呼呼，像风一样，漫过无际的田野。

这是一个适合耕耘的好时节，只要低下头，我的眼前还有一小片亟待耕耘的土地。还要说些什么呢？只有赤脚插进泥土，你才能明白一个人与土地有多么难以割舍。

二　落在宣纸上的种子

齐整的田土像平静的水面，一直延伸向远方。此时，天空静寂，大地安宁，散落在枝丫上的鸟儿，停止歌唱，它在审视这片土地，在遥想麦浪起伏、稻浪金黄的时光。到那时，虫鸣在田野里穿梭，像敲打石磬一样悦耳，什么都是透明的，仿佛什么都能穿过透明的光线，看见隐隐朦胧的诗意。

万物生长的季节，淳厚的土地是否也在吐纳呼吸？

是的，就像现在，氤氲的地气从泥土的深层释放出来，有着魔幻的舞蹈，有着精灵般飞翔的翅膀。再安静一些，再擦亮眼睛，泥土中也有飞翔的天使，穿着洁白的纱裙。她在散播希望，她在点亮驱赶贫瘠的灯火，她双手合十，祈祷在一片新翻的田土上播撒玫瑰色的诗行。每一粒种子都是火焰，每一行虔诚的赞美诗都毫不吝啬地觐献这片多情的土地。

停在枝丫上的鸟儿，是时间的化身，它翅膀轻盈，怀揣一滴露珠纯净的渴望。这是春日，这是一个即将盛大开启的时光庆会，每一个生长在土地上的人们，拨开冬日的风，暖开寒冬腊月的冰凌，将雪的贞洁储藏、怀念，并给予脚步无限自由与渴望。

种子是安静的、跳跃的精灵，种子从屋檐上，从一片靛青的老瓦上，不偏不倚，落在母亲的怀里。种子是孩子，是乡村母亲百般呵护的儿女。早年的母亲，长长的发丝是三月的春柳，静默的眼神是一池荡漾的春水。每一个母亲都无比宽容与温柔，每一个母亲就这样把种子孕育在温暖、湿润的子宫。星月流转，大地在生长、沉睡，启程上路的人啊，你是时间的弓弦射出的唯一箭矢，奔跑在无垠的大地。

　　母亲喜欢这样静静铺展开来的一张宣纸，父亲耕耘土地时的动作就是在氹沥，每年这个季节从时间的水池里将纸浆沉淀，将泥土的宣纸唤醒。父亲以为，机械的劳作充满了无限的意义；父亲以为，只有将一面平整的土地交给母亲，母亲就拥有了世间最洁净而又充满魔力的创作冲动。种子在母亲的胸膛里跳跃，种子的火焰将母亲的脸庞燃烧成彤彤的霞彩。

　　我知道，作为大地上的一粒种子，我将是父亲和母亲永远的牵挂。就像母亲每一次站在田埂上，一往情深，遥望远去的流云。哪一个母亲不希望种出世间最美的花朵呢？哪一个母亲不想培育出饱满莹润的谷物呢？父亲和母亲视谷物若神灵。他们坐在屋檐下，坐在贫穷的庄稼院里，喜滋滋地看着满院子的大豆、稻谷和玉米，喜上眉梢。喜鹊仿佛也得到了某种启示，在村庄的上空久久飞翔、盘旋，不肯离去。

　　而现在，除了亲手种植的火焰，他们一无所有。母亲像珍爱自己的生命般握紧一粒安静的种子。它想念土地，想念大地母亲子宫里的温暖与湿润。阳光是种子的大姨，月亮是种子的表妹，星光弱小，是种子深爱的表弟。它要萌发，沉静的夜里，星光如练，辉映这片无边的土地。一粒种子的深情就这样通过露珠向泥土表白，让栖息的暗夜充满浪漫和温馨。

　　你能看见播撒种子的轨迹，就像母亲端坐在灯光下飞针走线。松软的土地，吐纳一天的地气，柔软的胸膛奶水充盈，在等待种子的小嘴尽情啜饮。我相信土地也有血脉，就如相信自己死后也能变成一粒种子。日夜流淌的小河水，在村前玉带缠腰，她暗示的是，土地才是世间最高贵的女神。有了土地，人们播下信仰，收获希望。你看见游逛的野风，多像一个疲惫的流浪汉，靠在山墙上喘息，走过春夏秋冬，走过田野与山岗，只能迎来一次又一次失落与空虚，一次次爬上房檐，窥见仓廪丰实的谷粒，泪落如雨。我无法劝慰，只能送之一缕谷物的醇香，告诉这个远行的旅人，故乡才有真诚与热烈的种子。只有故乡，才有一片薄如蝉翼却又厚如史册的土地。

　　母亲将种子抛撒，母亲将汗水抛洒，母亲将璀璨星光抛洒，母亲将青春、活力和温厚的母性，尽情抛洒在这片多情的土地上。梦中，母亲发现自己才是一位最为高明的画家。母亲撒下的种子，麦浪在起伏，稻浪在漫卷，青油油的玉米，淋满绿色的油彩，溢满了田野。母亲知道，在汗水、雨水、泪水、血水、星光、月光、灯光背后，宣纸上秋天的颜色才将更为丰富与热烈。彼时的母亲无比满足，就像怀胎十月的时候，在蜿蜒的田埂上散步。她要我听见庄稼的拔节与生长，她要我听见清脆的鸟鸣、虫鸣与蛙鸣，她要我看见，每个人在贫瘠的土地上都能描绘出多彩的景象。如今，当我陷入深深的思索当中，依稀还能回想起那些熟稔的画面。母亲的脚步轻盈无声，将我带至旷野深处；她所张望的是蓝天绿地深处祖母绿掩映的家园；她所聆听的，必是一曲悠扬的田园交响，安宁，祥和，欢快，激昂，起伏，舒缓，一一展现在无垠的旷野。

　　我确信我是一粒种子，确信一个人的血脉与大地、谷物相连。我确信春日的田野上，土地的长卷是一张洁白的宣纸，种子的火焰安静着、燃烧着，自母亲温暖的手中抛撒，就播种下一个草长莺飞的好时节。

三　像珍惜生命一样珍藏那些金黄的谷物

　　阡陌寂静，小河在孤独地拨响琴弦，鼓舞一春一夏的蛙们，暂时隐匿，隐匿在薄薄的暮色下，隐匿在成熟的谷物的芳香里。谁不希望有一个奶水充盈的秋日呢？谁不希望母亲的乳房像鼓胀的太阳，生长着饱胀的激情与热望呢？

　　在一个如此芳香的季节里，我们的游走像风般轻柔，唯恐惊动母亲劳作一生后的休憩。是啊，你见过母亲如瀑的青丝在田野上飘荡，你见过母亲杨柳一样的腰肢，莲步款款，走过我们启蒙的少年时代。那时候，谁不渴望有一个像母亲般温柔的女子呢，陪你话桑麻，陪你耕读，陪你坐看夕阳，陪你在天造地设的田野上，用最最原始的激情，繁衍谷物一样密密麻麻的子嗣。

稻谷，那些连天接日的稻谷，仿佛在讲述一个又一个远去的故事。稻浪起伏，迎亲的唢呐有着最为尖厉的尾音，刺破饱满的秋色，刺破万里霜天，迎亲的人们脸上荡漾的喜色，像谷物的微笑般纯真自然。坐在颠簸的花轿里的，是年轻时的祖母或母亲，大红的衣衫像燃烧的火焰，眼含秋水，荡漾着起伏的田野。她是泥土的女儿、大地的女儿，她不是奉了谁的旨意，只是想沿着谷物走过的金色轨迹，找到一个适合贮藏、发酵，延续青春如花之梦的家园。尽管，这个家可能又穷又破，房梁上的瓦像树叶一样被掀起，老屋的根基会像一棵树一样被放倒。院子里的旧时光，耗去她毕生的光阴，也没能将时光整饬得井井有条。可她就是喜欢，喜欢那个有着青山一样的胸膛、黑铁一样的肌肤的男人。我的祖父或父亲，用迎接女神般谦卑、虔诚的姿势，把她迎进家门。

我聆听着，在懵懂的年纪隐藏在一扇破旧的门板之后，聆听秋色。我听见奔忙的蚂蚁加快步伐，把家的城堡筑得又隐秘又坚实。我听见麻雀在屋檐下庆祝风调雨顺，一首一首琐碎的歌子也不觉得吵人，唱哑了嗓子。它们说，一定要沿着一道金色的光束去寻找收成，大地上，田野上，每一粒谷物都拜神所赐，它们充满感恩。我听见马在夜色中咀嚼老去的光阴，在蜿蜒的阡陌上，是它们一次又一次运送厩肥，驮运种子，耕耘泥土。其实，一匹时间的快马怎么会在意这些呢，在闪电的奔跑中，它把种子抛撒，把汗水抛洒，把热情抛洒，只为后来的瘦骨嶙峋。老年的父亲，像极了一匹又老又瘦的马，他再也不能奔跑，再也不能从田野的这头像一阵风那样，风驰电掣，奔向田野的另一个方向。在田野上，在饱满的谷物中，像他那样的一匹老马只能一次次站在田埂上，欣赏这无边的金黄与暮色。这是他们创造的天地，这是他们亲手修筑的伊甸园，是他们自己打碎青春的瓷器，磨去青春的棱角换来的简陋家园——即使终将荒芜，像上帝手中把玩的一件无用之器，收之无用，丢之可惜。

乳香在弥漫，从谷物中散发的乳香极尽生命本能的诱惑，让村庄为之亢奋、颤抖。镰刀在跳跃，金色的光芒像一把出土的青铜宝剑发出的，锋利，是有关肉体与时间博弈的记载与抒情，在这片无垠的土地上，我们的父辈用骨头拼争，用血肉书写诗行。那黄昏的霞彩为证，那一片一片殷红的血色，即凯旋的王的封印，死死地烙印在每个人的额头、脊背与肩膀。一群走不出土地的人们，他们的命运只能在泥土里哭泣、拼争，只能在贫瘠的长铺大炕上摸爬滚打、繁衍子孙。充满母性气息的谷物，你的眼睛望穿秋水，在等待谁的身影？像妖姬一样在风中扭动腰肢的谷物，你们，是不是王的嫔妃，而今莅临下界，诱惑凡间俗世的灵魂？像火焰一样在田野上跳跃的谷物，你们从一粒种子开始，分裂，激变，诡异地拓展疆土，想要虏获谁憨厚的灵魂？

我在田野上奔跑，谷物的浪潮席卷而来，思想，濒临湮灭的境地。我抚弄一株枯草，它的生死枯荣同样由泥土掌管，它在诉说，在诉说对谷物仰望的瞬间有种脱俗的感觉。草说，在广袤的土地之上，看见的每一粒谷物犹如神灵，它们且歌且舞，它们且行且笑，它们且素朴且疯癫，它们且卑微且崇高，它们且忧伤且坦荡，它们且泪水且疯狂。

奔跑的谷物，沿着秋天的阡陌回家，十月怀胎的阵痛，终于分娩出一轮如血的夕阳。我抚摸过祖父的手掌，它有着如谷物般饱满、坚硬的金黄色手茧。我看见空荡荡的田野便会想起祖母或母亲干瘪的乳房，是不是过去了这个秋天，谷物的奶水还会充盈，像小河里的流水，源源不断，在大地的深处涌动，让土地上的祖母和母亲再一次走向青春年华？没有人回答，空荡荡的田野就是答案，奔跑回家的谷物就是证明。

　　谷物挂在房梁上，谷物挂在屋檐上，谷物爬满了土屋的旧山墙。谷物金黄了村庄，金黄了村人的美梦。像珍惜生命一样珍藏那些金黄的谷物吧，我在四处弥漫的乳香里轻轻回望，大地一片沉静。

一根房梁的岁月短长

一　小树苗

那时候，房梁还是一棵树，一棵小小的树。

一棵树小的时候，也要经历太多风雨劫难，种种危险和不确定的因子常常伴随左右。它太小了。小得像一棵草。去年刚刚钻出地面的一部分，被一只正在发情的公羊咬断。记不清它当时吃还是没吃。或者，被那只公羊当作春天最好的礼物，送给了一只温驯可爱的年轻母羊。小时候，有很多故事正在发生。

这样一棵小小的树，长在老河滩的支汊旁。一条河，清亮的水波，劈开黄黄的土地，在平原上蜿蜒游弋。到了这个地方，就多出了一条叉来，细细长长，朝向东南。河水流向了哪里，小树苗已无暇顾及。只知道，有水的地方，生命的物种，必将平静地繁衍下去——就如自己，多么轻飘的一粒种子啊，被一阵春天的风，吹呀吹，吹到了老河滩上。

为什么不是房前屋后？那样，就可以日日目睹烟火人家的闲适与忙碌。

为什么不是田间地头？那样，就可以俯瞰庄稼的生长。看一茬茬的庄稼，被播种，被收割。

没有选择。在物竞天择的自然法则里，生命的轨迹就是这样简单而深刻。就如生长在村子里的人，可以做一百种设想，设想自己不是生在这里。长在大海边多好，可以听一听海螺的声音，悠远而空旷，干净而迷离。或许，哪一个傍晚，将会看见一位美人鱼，浮在金色辉煌的海面。长在大山里多好，可以听长胡子的老头，说哪一个山洞里，藏着山鬼、山魈，它们常常化作柔情的女子，于蒙蒙夜色里，在山间邂逅她的半生姻缘。更多的时候，村子里人的梦，冗长而敷衍。不是梦见总在一条路上狂奔，到了尽头，才发现不过是和村庄一模一样的另一个村庄。再就是梦见，在村前的小河里洗澡，捉上来一条红色大鲤鱼，回到家刚要宰杀，却成了一条指腹大小的灰头土脸的泥鳅。

所以，小树苗也没什么大的梦想。生命既然已经打开，那么，未来的日月是好是坏，全凭上天安排。哪怕，再有一天被一只大献殷勤的公羊看见——既然命运如此，何不变作一个花环，给乡村安详的日子带来一点物种繁衍的小小欣喜。

小树苗，是一种叫作榆树的乡下树种。风吹到这里，就把根扎在了这里。其间，这片河湾的所有者吴大有来看过。他看看左边的一棵歪脖子柳树，又看了看小树苗说，这么小的小家伙，笨头笨脑，大概也就是块烧火的料。小树苗没听见，而且也不会反驳，干脆，在一阵漫过河道的风里，挺直了身子，自己长自己的。

开始有锹把粗的时候，孩子攀过，摔倒了再站起来。开始有碗口粗的时候，拴过牛，牛痒了，在树身上蹭了半晌，蹭掉一块树皮。开始有檩条粗的时候，小树苗算是长成了大树，能在河湾里看见自己的倒影。旁边的那棵歪脖子柳树，大概脖子累了，看够了河滩上的风景，死了。吴大有拿着一把板斧，三下五除二，就结束了一棵树的一生。

有时候，相邻的两棵树站在一起，大不了你跟我争天，我跟你争脚下的地盘。小时候，榆树苗还能感觉到柳树的倔强与傲慢，日头差不多一整天都懒洋洋地照在柳树的枝条上，柳树在风中曼舞。小树苗只能左躲右闪，在斑驳的余光里生存。看得出来，柳树的贪婪与傲慢也不是没有理由。本来，偌大的一片河湾，先来后到，凭什么小树苗又插上一脚，在有限的空间里，争抢有限的资源。后来，碗口粗的时候，小树苗有了底气。但作为一粒自由落体的种子，它并不想与谁为敌。水是大家的，阳光和空气，也绝非私有。脚下的土地，虽然有限，若和睦共处，也不见得会窒息了谁的呼吸。

柳树到底还是死了。吴大有将柳树一分为三。树根树枝，做了柴火。树身被分成两截，上半身曲里拐弯，做了牛轭；下半身成色还好，恰好够做一张面板。叮叮当当，吴大有家以后的很多年，传出的剁肉切菜的声音，都是来自这棵抑郁而死的歪脖子柳树。

很多年后，榆树做了房梁，渐渐听出吮吮的声音，是柳树在以另一种方式，和自己交谈。毕竟差不多的出身，没有必要一直傲慢地对视下去。日子，本来如此冗长而乏味，不如在心底多一份祝福吧。像深夜点燃的红烛，温暖而光亮，朴素而温馨。

小树苗长成了大树。吴大有长成了中年汉子。树长大以后，吴大有的想法开始发生改变。没来由呀，一棵无人管、没人问的小家伙，竟然长得这样高大。手一伸，能够到天上的云。根须伸到了水里，长长的很多须子，像一个饱经风霜的老人的胡子，任凭流水一百次一千次地冲洗。

看起来，比村主任牛二还有精神。

二　上梁记

村主任牛二站在村民吴大有的院子里。这个村子里的一把手，很少近距离关注过民生。村头的大槐树上，安着牛二的"大嘴"。"三提五统"啦，车船使用税啦，天不亮就开始宣传按时缴纳的重大意义。其实，谁都知道，钱粮一交，屁事没有；不交，牛二的"大嘴"就一天三响不休息。震落房梁上的土不算，把一村子的鸡和狗都吓得噤了声。吆喝一停，它们这才从鸡窝狗圈里出来，叫上几声，看嗓子眼出没出毛病。

牛二的嗓门依然很大。牛二说："这棵树按村规民约，不该归你吴大有所有。如果是你栽的，哪一年，哪一月，村里哪一个人看见过？"

吴大有赶紧做谦卑状，递给村主任牛二一支劣质卷烟。牛二不接。吴大有的脸色开始发红，小眼睛从线状成了黑豆粒儿——本来就小，一激动显得更小。

"这树又不是我偷的。这树长在俺家承包的河湾里，本来就是俺家的哩。不信村主任你过来看看，小时候李木匠拴过一次牛，蹭掉碗口大一块树皮，现在还有一块疤哩。"

吴大有拉正在给他拾掇房梁的李木匠做证人。李木匠把铅笔别在耳朵上，磕巴着说："是……是……是有这么一档子事。我正盘算给吴大有干完活，少算两块钱，补上蹭树皮的亏欠。"

一场不大不小的风波平息了。村主任牛二背着手，消失在吴大有的黑豆眼里。新木的香气，正微微散发出来，甜丝丝地飘散在寂静无声的村子里。

房梁，斧斫锯拉的时候，当然疼痛。可房梁不会说话。再早作为一棵树的时候，风一吹，算是风的代言人，说在河滩上有空虚，也有寂寞，有生长的疼，也有很多乐趣。每年的春天，树皮醒来，开始活泛，可还是不敢扯皮抻骨地往上长。一长，一疼。木质的年轮有着内在的疼痛。树想知道，人的一生是不是也在一边成长，一边疼痛。小孩子长大了，爹娘就老了，过不上几年安生日子，腰疼腿疼胳膊疼，说不定哪天就驾鹤西游了——那肯定是疼的。树长在河滩上，眼看着村子里的人一个接一个死去，儿子孙子一大帮，身穿重孝地跟着哭泣。喊一声，直上云天。喊两声，牵肠挂肚。喊到第三声，就觉得死也就那么一回子事，躲不过，逃不了，干脆低头认罪，活好自己的那茬子吧。

乡下人盖房子确实不易。榆树生在乡下，当然知道乡村的辛苦。吴大有一共生养了六个孩子，天不亮，他就像一头牛在田里做活。小眼睛的吴大有，个子又不高，常常被很多人误以为是一只活动在田间的狗，或其他什么活物。你弯腰，他不怕；你捡起一块土坷垃砸过去，正好落在他的鼻梁上。吴大有骂了一句，继续和他的庄稼对话。

　　吴大有要盖一座房子，土木结构的房子。和很多普通的乡民一样，这是一个多么美好的愿望。吴大有缩在榆树下，构想自家新房的模样：正堂屋，偏房，最好住进新房子后，把那张睡了十几年要散架的木床也换了。在这架木床上，吴大有努力耕耘着属于自己的自留地。不算肥沃，可也算天遂人意，三个儿子三个闺女，要聘礼有聘礼可收，要香火有香火可继。

　　站在风中的榆树，并不知道吴大有的心思。仍然和往常一样，自己长自己的，生长的疼也有过，快乐也有过，河水就像一面永恒的镜子，照亮榆树的前世今生。小时候，榆树像一个没娘的孩子，弱不禁风；偶尔还会想起，那个曾经攀爬过自己的孩子，现在长成了什么模样，是流落到村庄以外的什么地方，还是仍然在村子里，面朝黄土背朝天，过被很多人当反面教材的那种日子。

　　甚至，榆树会想：人有一天会老去，那么我呢？会不会终有一天，刚好被闪电击中，一劈两半？会不会有一天，身体的某个部位开始枯朽，像一个老去的人那样，吸多了劣质烟叶，拉风箱一样喘息？当然，树老去的表现只能是一阵风吹过空荡腐朽的树洞，呼呼的喘息声传了很远，让一只在天上飞了很久的鸟，受到感染——生命并不只有通红如夕阳般的壮美；生命最后的时光，理所当然，应当苟延残喘，度完并不算坚强的一生。

　　现在，榆树不会做此番感想。它像一个人初来这个世界那样，赤裸着，躺在吴大有家的院子里。木匠李木生在琢磨了两天两夜后，终下决心，要给村子里最不起眼的吴大有，打造一根上好的房梁。

　　李木生也注意到过这棵树。自从那次自家的牛蹭树以后，李木生在树的伤口上抹了一把泥，但还是被吴大有攥着牛蹄印找到家里。李木生也是老实人，说："我是木匠，专管村子里的树和木头，到时候，你想用这棵树做啥，我给你做。工钱，少算一些。"

或者只是为了一句承诺，榆树必定要变成一根房梁。

三　冷暖手札

光阴一过几十年，人也一晃过了几十年。一根房梁，想与不想，也跟着过了几十年。

轰鸣的垮塌声，从不远的黑山家传来，屁股大的村庄就像经历了一场地震。人们纷纷从被窝里跑出来，从家里跑出来，从田地里披头散发着跑回来，围在黑山家的院子里。院子里笼罩着一团不祥的阴云，黑山家的人没死。

黑山正在从囤里往外舀粮食——面没了，人要吃饭。舀了一瓢的时候，听见一只老鼠从房梁上往外窜，嘴里衔着两只没毛的老鼠羔子。舀到半口袋时，一条蛇从房梁上落下来，落在黑山爷爷用过的砚台上。

咔嚓，房子上落下一团土，黑山怀疑自己耳背眼花了，停下了手中的活计。

"死一样的静。"后来黑山形容当时的情景。

探花爷的五个手指动来动去，掐算完毕。缓缓地看向折断的房梁，又缓缓地说："水生木，木生火，火生土，土生金，金生水，火木相克。"转身，在很多人疑惑的神情里离去。

黑山想：老鼠出来的时候就知道了吧。它大略也喊过一声，只是，当时它的嘴里衔着两个未成年的孩子，嘟囔了一句什么，谁也听不清。青花蛇掉下来的时候，我就该发觉不妙啊，可当时只顾着爷爷留下的那方砚台，还用嘴吹了吹落在上面的土。

咔嚓，是房梁说话了。房梁一说话，这座屋子也就住到了头。时间的重量，在房梁上压了几十年。飘落的雪，下过的雨，在房梁上压了几十年。一家人的冷暖，在一根房梁上压了几十年。木头，一根木头的生命本来就有限，谁还能指望一根房梁一辈传一辈，总是平安？

　　一根房梁的日子说轻不轻，说重不重。上梁日，缠上一挂鞭炮，噼里啪啦放完，一副写有"青龙缠玉柱，白虎架金梁"的对子贴在上面。年深日久，红纸变成了白纸，黑字褪下了浓墨。恰好，一只蚂蚁钻进了房梁，在木质的纹路里，感觉到与泥土里的家不一样的温暖。它慌慌张张，回去说找到了一座空中花园，木屑可以充饥，洞孔可以住。没多久，房梁的正中，就住满了蚂蚁和睦的一家子。

　　此时的房梁，看起来完美无缺。每一根纤维并没感到生活的压力多么繁重。

　　白天，房梁看着一家人醒来，起床。男人下地，女人在家操持家务。大孩子打小孩子，小孩子在门框上刻记号，哪一天长成大孩子的样子，好报一脚一巴掌的仇怨。收成好，男人女人卖力地耕种属于自己的自留地，水肥草美地过着眼下的光景。收成不好，男人喝完酒打女人，女人蹲在地上哭，正着数倒着数，骂男人的十八辈祖宗，骂个没完。

　　房梁不能笑，不能像在树林里、田野上长着的时候，那样笑个没完。田野里的油菜花开了，树苗畅快地呼吸，呼吸春天的气息、泥土的气息、油菜花的气息。树不大想自己的未来，好了，一棵树能长上几百年。比如村前祠堂前的大槐树，它像一片绿色的云，笼罩在宗祠上空。很多时候，敬神不如说是敬树。谁家的孩子也不敢攀上去，任意折断哪怕一根小小的树枝。探花爷说，树会流血，会在哪天黑夜里化作一个人（想当然意义上的一个人），一夜吸干那个人的血，将流掉的血补回来。比如，九斤爷，四十几岁那年和人打赌，砍掉了大槐树的一根树枝，回家做了柴火。仿佛一夜间，他就回到了他刚出生时的重量，九斤。像一张纸，就要飘向无尽的夜空。

　　这个村庄，有着太多的故事，每个村庄都有讲不完的故事。树不会走，也管不着。风把种子吹向了哪里，就在哪里长成一棵树。

树的命运并不完全掌握在自己的手中。

人掌握了树的命运。树是烧火的好材料。树枝、树叶、树根、树皮，随便一把火，就能燃烧了树的命运。将树做成一把椅子，让一个人从年少坐到年老；做成一口箱子，过了几十年，箱子里储满了陈年的气息；做成一扇窗户或一扇门，抵挡风霜雪雨，跳跃的灯光下，一家人就在树的注视下，哭哭笑笑地活着。

当然，最有价值的树才会被做成一根房梁。榆树，在李木匠的手下滚动，刨、削、砍、锯，最后很是合小眼睛吴大有的意。吴大有给钱时，一边说木生叔的木匠活真好、真细，一边又从工钱里抽出两块钱。两块加两块，等于四块。李木匠无话可说，谁让自家的牛，偏偏走到榆树前痒了，这一蹭，蹭去了多年以后的四块钱。

房梁看着吴大有的眼睛变得越来越小，眯成了一道线。

房梁看着吴大有的女人，在儿女的哭泣声里，被装进棺木，里面黑咕隆咚，像是另一个世界。

房梁看着一溜淌鼻涕的孩子，一个个长大成人。

几十年一晃而过，什么都没有改变。仿佛，什么又都在悄悄地发生改变。

四　品质

梧桐、柳树、刺槐树、枣树、杨树、榆树，乡下有很多种树，很多树按品质和用处又分了很多种。

长得快的，比如梧桐树，见风就长，虚荣心就强些。站得高看得远，没有谁不懂如此浅显的道理。可快是快，却忽略了作为树的品质。打箱子、打柜子、贴门板还成。如果做成一根房梁，架到屋墙上，松脆的筋骨，断然承受不住太多的年月。

　　长得歪的，比如枣树和梨树。这怨不得人家，本来枣树可以结青青红红的果子，脆脆甜甜，跟别的树不是一个品种。梨树只结脆生生的梨子，也不知道那些密密麻麻的果子，是怎样汲取了地下的那么多水分，咬一口，满口生津，解渴，败火，爽咽利喉。大概是一年年的果实压的，枣树和梨树长了很多年，就那么高，就那么粗，老皮老脸，弓腰弯腿曲着脖子，远远看去，倒是一幅很美的风景。

　　榆树就有些不同了。小时候，它的身子骨极柔，能随意弯成任何形状，风吹得它倒东倒西，后来也总能挺直腰杆。直到有一天，风吹不动了，牛也不能将其撼动分毫。榆树就这样活着，看春花秋月，听夏雨冬雪，不紧不慢，不徐不疾地赶着路。

　　直到长成一根品质极佳的房梁。

　　吴大有注视了榆树很久。那一年，吴大有的父亲还活着，临走的前一天，他让吴大有背着。吴大有背上父亲。父亲比吴大有高大，浓眉大眼，也比吴大有长得好看。有时候，吴大有会蹴在夜色中冥思苦想：为什么父亲长得身材魁梧，轮到自己，眼睛小、鼻子塌，脸上还落满鸟屎一样的斑点。吴大有不问。有些事情，原本就该这个样子，谁也不能挽回局面。

　　父亲趴在吴大有肩上。临死的人像一阵风，身子骨轻飘飘的，好像大部分的身体已被收走，剩下的，只是一副在风中飘荡的皮囊。父亲告诉吴大有："这是咱家的地，土地承包书上明明白白写着，多宽多长，户主是谁。等我走了，就换上你的名字。"父亲告诉吴大有，这块地的地界，曾经被邻居赖五偷偷挪过。为此，父亲很是勇武地和赖五打了一架，打掉了赖五三颗牙，要回了属于自己的土地。

　　吴大有背着父亲来到河湾里。已近黄昏，夕阳斜斜地照着。父亲从吴大有肩上滑下来，用干枯的手指揩了揩榆树，说用不了多少年，它就能长成村子里最好的房梁。吴大有不知道，其实村主任牛二早就相中了他家的这棵榆树，偷偷拿了铁锹，想移走，被放羊的父亲看见。夜晚，父亲拿了两包烟给牛二，算是口头协议，从此，这棵树的归属再无争议。至于后来，上房梁时牛二又来捣蛋，不过是枕边风吹的，想显摆下自己在村人心目中的权威。

真是一根上好的房梁。李木生砍削累了，坐在地上抽烟。阳光下，榆树梁像一条被剥皮的巨蟒，斩断了头尾，仍作欲飞之势。干了一辈子木匠，李木生知道做一根上好的房梁，应该需要什么样品质的木头。不要太粗，太粗了土墙吃亏，难以承受这么多年时间的重量。不要太细，麻秆一样的房梁，说不定一座房子还没盖好，就被压成两截。桐木太空，杨木浸了雨水，就生无数的蛾子，在昏黄的时光里翩翩飞舞。数榆树最好，千年柳树万年榆，一根房梁做好了能承受上百年的光阴。

这是李木生第三次换上新锛头了。马三打的铁锛，原本品质最好，一根普通的房梁，一个锛就能斫得妥妥当当。掀了皮的老榆树，一锛头下去，又掀去薄薄一层皮，像一片银闪闪的鳞甲，在阳光下飞舞。榆树不喊疼。风刮的疼，雨打的疼，早已过去。作为一棵树，最好的归宿，就是有人看重你，将你放在最该放的地方。能做一根房梁，看乡村的屋檐下，飘起悠悠的炊烟，传出朗朗的笑声，远比一直待在河湾旷野更有意义。

榆树在考验一个人的耐力。原本得心应手的活计，如今处处受阻，这让木匠李木生很是生气。斧子砍，锯子锯，刨子刨，整整用去了两天时间，才让榆树伏在房梁上。木匠单吊线，绳墨弹出的直线，不偏不倚，落在房梁正中。"好吧，"喝得脸色通红的李木匠对吴大有说，"念在当初俺家牛蹭破你家的树皮，短你两块钱。"谁知道吴大有眯缝着小眼睛，抖抖索索，又从工钱里抽出两块。两块加两块，少拿了四块。李木生不是一个小气的人。两天时间就打造出了一根村子里最好的房梁，作为一个尽职的匠人，有时候物质上带来的满足，远远不如自己亲手打造的一件完美的物什来得更直接。

——这超出了生活本身的意义。

房梁的一生，都在人的忽视中度过。房梁，支撑起虚无的时间，也支撑着真实的生活。很多年，榆树做的房梁就这样沉默着。春来，紫燕绕梁而过，留下一个温暖的巢穴。夏来，房梁听着滴答的檐雨，从瓦里滚落。有时越是寂寞，越能品味出属于生命本身的另一种快乐。秋来，房梁听人欢马叫的收获声，沿着蜿蜒的乡路，沿着泪水与汗水铺就的时间轨迹，盈满一个又一个简陋的农家院落。冬天来了，在房梁下点燃一堆旺旺的篝火，映红来来往往的烟火日月。

房梁支撑着时间的永恒，以品质，或者承诺。

五　空荡荡

一阵风沿着土墙根钻进院子里，又贴着土墙，掀开窗户上发黄的报纸，一闪身，钻进空荡荡的老屋里。

人都走了，蛇还没走，老鼠没走，墙角嘶嘶拉弦的蟋蟀还没走。不是它们不舍得。一只老鼠在城市的马路上很容易被轧死。这边是车，那边也是车，睁开眼是车，闭上眼还是车。要活，就只能在阴暗潮湿的下水道里穿梭，过暗无天日的生活。蛇更不能走，它钻惯了泥土屋檐，爬不上手可摘星辰的公寓大楼，要进化，必须装上子弹头一样的盔甲，才能在高楼林立里，无孔不入。蟋蟀的歌谣有些孤单，嘀哩哩的鸣叫，只会让一座老屋显得更加空荡。

吴大有在离家时颇有些不舍年久失修的老屋。他摸摸梧桐的木板门、刺槐的椅子、苦楝树的老箱老柜。给人吧，怕再回老家时，找不到一点寄托。干脆不送，落门上锁。把一段老去的光阴，封存。包括这根让吴大有一生引以为豪的榆树房梁。

乡下再也找不到这么好的一根房梁了。

河道里一应是速生的杨树，像一群群流水的兵，心不在焉地为村庄站岗放哨。缓慢的乡村专列，仿佛被时间忘记，再也看不见热火朝天的劳动场景：播种，收割，隆隆的机器，粗大的轮子，震颤着乡村的鼓膜。只需要一半天时间，饱盈盈的谷物，便悉数收入囊中。说不上好，也说不上不好，吴大有袖着手在老场边站立。是该走了，已成家立业的儿女，说让父亲一个人在乡下待着，心有愧意。

吴大有舍不得一根老去的房梁。一根坚实的房梁就像一个人活在乡下的筋骨。扛风扛雨，扛过漫长的坎坷岁月。房梁呢，只管漫无尽头地沉默，想前前后后的那些日子。

那时候有鸟在榆树上搭窝，鸟在树上，人在树下，静静对望。鸟有了树可以栖身，就像人有了家可以安居，翻来覆去的日子虽然简单，却让人觉得踏实。树倒了，鸟飞了；树成了一根房梁，房屋也空了。人老了，也要走了，哪里才是命里的原乡？

空荡荡的老屋，房梁不知道数了多少遍，有多少根椽子，多少根檩子。一根房梁的身上，又承载了多少瓦片和泥土。房梁也曾年轻过。那时它撑起一座老屋该是一件多么轻而易举的事情。后来，屋檐上流下的水，浸透了梁头；后来，老迈的筋骨，在很多个寂静的夜里，能听见哗哗剥剥的开裂声；后来，房梁上每落下一粒尘土，房梁就会情不自禁地一沉，怕一旦有什么闪失，折断了腰，颠覆了房屋里一家人的日子。

那条蛇，一开始就住在这座乡下老屋。每一座房屋里都有一条善意的蛇在忠诚守护。蛇，我们这里叫作龙。人们执拗地这样认为。在吴大有离去的瞬间，他分明看见护佑自己一家人的那条龙出现。黑底红花，紧紧地悬挂在房梁上，冷峻着眼神。或许，它在为一个乡下人送行；再或者，一条蛇根本看不懂眼下的光景，以为一个人离开故土，终要回来。叶落归根，魂归故土，老书上都这么讲过。

有人出价，想买走这根支撑了很多年光阴的房梁。年深日久，一根上好的木头，需要在漫长的时光里浸淫，逐渐变得安详，筋骨没那么硬了，可以做成端庄的家具，不开裂，不走形。脾气没那么倔了，可以打造一口上好的棺木，人安静地躺在里面，也算是含笑九泉。

想含笑九泉的，还是村主任牛二。活了一辈子，算计了一辈子，在这件事情上，村主任牛二一点也不想马虎。

"卖了吧，一根房梁也就三五百元，我出双倍的价钱。"牛二说。

吴大有乜斜着小眼，他一辈子在人前低头哈腰地活着，此时，却露出一根木头的犟脾气。

"不卖。给多少钱也不卖。我在，房梁在；房梁在，家就在。"

家还在，人却走了。空荡荡的房子里，到处落满尘埃。蜘蛛在房梁上结网，下去，上来，上来，下去，捕捉乱飞乱撞的苍蝇蛾子。老鼠在房梁上练习跑步，小的长成大的，大的又生下小的，占据了地下地上的很多空间。蛇，隐忍着，呼啸的风穿门而过，冬眠在一个漫长的梦里。在梦里，蛇长成一根房梁那样粗细，把身体留下来，支撑着老旧的光阴；另一个自己，脱壳而出，飞腾咆哮在风雨雷电里。天地万物，芸芸众生，没有了信仰，该怎样面对未来漫长的时光？忽然，房梁又化成蛇般粗细，还生长在过去的河湾上。小河水静静流淌，羊在河滩上吃草，人依坐在一棵歪脖子柳树旁放羊。太阳升起来了，河水中洒满了金子，荡漾着金色的粼光。榆树苗牢牢抓住脚下的土地，浑身都是向上生长的力量。

空荡荡的老屋，一座连着一座。空荡荡的院落，散布在空荡荡的村子里。一根老去的房梁，不能飞翔，不能奔跑，只好陷落在空荡荡的无边的回忆里。

如今你来，依旧能看见那座空荡荡的老屋。空荡荡的老屋上，有一根沉默的房梁。

记下它，和很多事物一样。大地上，也许有一天，再也没有人说起一根房梁的岁月短长。

老祖母的时间荒原

一　活一季香一季

老祖母，如今你躺在一片青青的麦田里，醒了睡，睡了醒，在风中张望家园。我们承袭了你勤劳的一生，种地扬谷，侍弄着自己的那一片人生。我知道你有多喜欢脚下的这片土地。你活着的时候，指着墙角那口薄薄的棺椁说，住进去，就住进了安然，住进了清澈的时间，就能永远活在大地的胸膛里，日日倾听那饱满的心跳。

我们的土地不算多。好在，我们都是一群知足的人。麦子的一生，谷子的一生，还有玉米的一生，和我们一样，穿越风风雨雨，到最后，才高高擎起那么一点点粮食，觐献给时光之神。

我们怎么可能是神呢。我们不过是神造的子孙，在大地上，虫蚁般忙碌，向着神在的方向，一日日追赶，鞭笞着自己的灵魂。

老祖母的腰，早早就弯了。时间一轮轮从她的血肉上走过，走老了筋骨，走老了眼神，走老了她年少时在三月的春光下羞红的脸庞。那时候，祖父还少不更事，穿着开裆裤，爬到村里最老的一棵柳树上，拧吹柳笛，学鸟语，说只有你能听懂的那一串话——长大了我要娶你。

我们是农人，我们的双脚，一生下来就被拴系在土地上，拴系在一株株向时间匆匆赶路的庄稼上。拔节，生长。在宁静的夜色中，听村庄在深深的呼吸里，入梦。那些闪烁的群星，有多喜欢眷顾于我们，一颗颗，棋子般散落在天上。蟋蟀唱起歌谣，麦草散发清香，浓浓的，雾霭聚集，聚集，而后散布在田野。让每一个在乡村游走的孩子，都有一口活命的奶水。

我学会了在一滴露水里，凝视乡村。露水珍珠般透明，折射出五彩斑斓以及袅袅的炊烟和低矮的屋檐。晨起的祖父捎起杞柳筐，走在一头赶路的牲口后面。那头赶路的牲口知道祖父的心思，便将粮食和草化成的粪，不偏不倚，落在路中央。你看祖父的眼神哪，好像一辈子就为一泡粪活着，在晨曦中，收集满一筐子羊粪蛋、驴粪蛋和冒着热气的牛粪。将它们倒在门前的空地上，让它们自己燃烧。有些东西就是在时间里慢慢酝酿和燃烧而成的。像酒，将很多粮食蒸透了，发酵，一滴滴，滗沥出馥郁的浓香。像酱，将好生生的黄豆，在时间的守望里，长出绿毛，才有了我们赖以佐食的冗长时光。

老祖母，你是一块地。

在老祖母那块地上，永远生长着粮食。村庄，在河水的缠绕里，久久不愿老去。老祖母在屋檐下梳下一缕缕花白的发丝，将它们藏在木板门后面的墙缝里，就以为藏住了苍老的时间。老祖母不想让谁看见自己老去的样子。祖父当年吹着唢呐，迎娶老祖母时，那件火焰一样的缎子棉袄，老祖母在五月的阳光下，一次次翻晒。最后，微笑着穿在身上，躺进那口薄薄的棺椁里。活一季香一季，这是老祖母留下的最后一句话。我在田埂上一遍遍看着熟透的庄稼，才明白渺小或伟大，都得活色生香地活着。

飞鸟一次次掠过头顶，时间的翅膀一张一弛，告诉我们，人的一生就是要不停地劳作、耕耘。蠹虫，最是不劳而获的家伙，它钻进我的书橱，贪婪地吞咽知识和思想——只是吞咽纸张而已。你绝不相信，一只小小的蠹虫，能有多大出息。它吃饱了肚子，大腹便便地爬出来晒太阳。这个阴冷的家伙，是错了的。阳光一旦落在它的身躯上，它就会麻醉般静静死去。暴晒，只有庄稼和干净的灵魂才适合。我们不想化成一只翅膀斑斓的蝴蝶，也不想做扑火的灯蛾。我们在土地上行走，在大地上沉醉，我们的血液和骨髓，最后，将会植入脚下的土地——这片时间的荒野。没有遗憾和愧疚，没有深深的自责与忏悔。

老祖母，你是否累了？走了那么久，终于可以尘埃落定，在村子的不远处。我知道，我们早晚会去看你、追随你。但是现在，我们还要好好地活着。一粒种子一旦落进泥土，便会在春天开出小小的花朵。你说的，活一季香一季。田野上的庄稼和草会记得，你皲裂的手指抚摸过的子孙会记得，池塘边的那棵祖父攀爬过、拧吹过柳笛的老柳，会牢牢记得。记得一个人清贫的一生，在村庄的时间荒原上，花朵般绽放。将淡淡的体香，飘满一整个季节。

时间始终活着。像你。

我们在母亲的子宫里，体验过生命似水的感觉。呱呱坠地，用惊诧的眼睛，张望这个纷繁的世界。然后，闭上眼，沉痛大哭。哭是哭过了，有些东西注定会死亡，有些人和事，过了许多年，依然水般清澈透亮。

我们的脚步在追赶时间，时间也在追赶我们的脚步。原野上的谷子和玉米熟了，稻草人始终保持最初的信仰。祖母，那件火焰一样的缎子棉袄不是你挂上天的吧？在黄昏中，散落一地霞光。村庄是你的，田野也是你的，在大地上生长的繁盛的庄稼和草，都是你的。梦里，你佝偻着腰，踮着小脚，穿行在一望无际的时间荒原。从老年走向中年，从中年走向青春，又从青春，走向温暖的襁褓。我看见你笑了。清澈的眼神，一如我小时候看你的模样。你的手抚过我的面颊。你的胸膛紧紧贴着我的胸膛。你在暗夜里点燃一根火柴，像星星，像月亮，像头顶的那轮火红的太阳。

老祖母说给我们一个又一个故事，我们听着老祖母的故事在村庄里长大。我们曾经深信不疑，我们现在依然深信不疑。只有老祖母才会如疼爱自己般，疼爱着我们。

有时候，我们的脚步越走越远，领你回家的一定是她。

有时候，我们走向天涯的身影越来越淡，喊你折返的一定是她。

有时，我们在时间的流水里找不到自己，帮你找到自己的一定是她。老祖母才不会发脾气呢，老祖母把村庄、庄稼和我们，都看成她的孩子。

静悄悄的月光下，老祖母很轻易地就能站在乡村的屋顶上。月光漫过她的发梢，浸透她的眉睫，水一样拍打着老祖母的衣衫。我在淙淙流淌的月光里分明看见，村庄依然活色生香地活着，老祖母依然活色生香地活着，活一季香一季。

二　老祖母那片地

老祖母站在那片地上，一直站着，像一株孤单的野草，像一株被收获了籽实后的庄稼。阳光落在老祖母的发梢，又滑落在她褪色的肩膀。什么时候，老祖母老成了一张老旧的照片，在那个淡淡的黄昏，泛黄我的记忆？

那是老祖母的一片地。老祖母，你在春天走过田埂时，是不是听见麦苗沙沙的笑声、大风呼呼的喊声以及那条忠实的老狗低低的吠声？我们知道你老了，怕你找不到来时的路。于是，把早已散架的一柄镢头，敲打上，给你做拐。让你拄着，领着你，去看你种了一辈子的庄稼地。

村庄里也有夏天，离开夏日的煎熬，我们的日子仿佛就不能叫作日子。老祖母偷偷地在夏天的玉米地里赤裸着肩膀，祖露着松弛的乳房。老祖母不说话。满地的玉米都是老祖母的儿女，神色凝重地看着老祖母，赤裸着上身。老祖母的青春，被村庄偷走了，被土地掩埋了，被早早死去的祖父带到异地他乡，远远地埋葬。祖父死时，瞳孔扩散，面色潮红。祖父说："我又看见你俏不叽的模样了，光着身子，沿着那片地，一直跑呀跑。跑到天边，跑到我心里。自此，你的青春就消失了。你找不到了，在时间的荒野里，有很多东西，我们昨天看着，花开的花开，叶绿的叶绿。后来就都看不见了。"老祖母一弯腰，把一朵草花插在花白的鬓发间，那条老狗，呜呜了两声，看着西天的云彩，醺醉了老祖母核桃皮样的脸庞。

老祖母，我知道，你一直在播种时间。把种子，一粒，一粒，播种在泥土里。你不会像村子里的青皮子那样，三天两头走到那片地，看种子是否露出了芽尖。那些种子，其实就播撒在你的心里。你会拈起一缕春天的风，洒一场三月的雨，用梦里那双柔软的手，犁犁耙耙。让种子的床，温和柔软。本来，那些种子就是你的孩子，那些庄稼就是你的儿女。长大，长高，都是意料之中的事情。

你要做的，不过是在村子里细细梳理时间的绳结。

凌乱的乡村时间，从来没有人告诉你，这一天的日子该如何打理。我们不是流水线上的一员，我们和村子也没有隶属关系。村庄承载我们的时间，我们在村庄的时间里，悠然度日。数鸡，喊狗，和醒来后倒嚼的老牛，诉说在过去的时间里，打捞的忧伤与快乐、失落与满足。村子里的日子亮堂堂的。即便是在凉月满天的夜里，也能听见时间水流一样的念珠声。老祖母猫着腰，把馒头屑放在蟋蟀的洞口；把一片肉，放在老鼠经常走过的地方。在村子里，老祖母不光待人祥和，更希望那些小小的生命安慰我们的孤单，给我们空虚的时间带来一点点热闹的凌乱。

没有草的土地，是不会收获粮食的。

没有荒废的时间，不叫真正的日子。

我承认，我是老祖母嫡系的子孙，一生下来，就学会了如何在老河滩上虚度光阴。我看一尾鱼，在明净的水流里，闪烁鳞光，不厌其烦地在水草间穿梭。它们有很多时间，不用关心所谓的正经事。它们也不用天天想着鲤鱼跳龙门的崇高理想。时间还早着呢——在老祖母的时间荒原里，我们第一要听见自己的心跳，看见自己的影子。然后，才在风里，去寻找大地上的朋友和伴侣。老祖母从未教给我们什么，我也一直没在教科书里看见老祖母说过的只言片语。总之，土地是用来播种的，泥土是用来生长的，时间，只不过是一种必不可少的附庸。我们从时间中来，在时间里消失；到最后，时间并不能证明谁是小人物与哲人，一切都会化作飘散在风中的微尘。

老祖母，沿着故乡的田埂，我还能看见你的足迹。小小的，像一个个尖尖的粽子。你生养了我们，给我们铭刻上乡村的刺青，给我们烙上乡土的刻痕。从此，走到哪里，身上的泥土气息，再也挥之不去。

泥土能用来承载什么？

村庄又能寄托什么？

老祖母死了，她会不会在一天的清晨苏醒，手搭凉棚，站在村庄的最高处，看村庄之外到底发生了什么事情？

老祖母从来讷言。即便是絮叨，也在寂静的夜里。老祖母只对自己说着话："星星亮了会灭，月亮圆了会缺，日头升起会落，花儿开了会谢，草儿青了会黄，叶子落了还会再绿。"只有风，只有穿越夜色的风，偷偷爬进老祖母的木格窗棂，在季节的记事簿上，记下老祖母凌乱的絮语。然后，走出村庄，昭告天下。

风拍打着老椿树坚实的躯干。风抚摸着小桥下悠悠的水流。风停驻在老祖母的那片地上，看庄稼一天天生长，青绿绵延，葳蕤老祖母的时间荒原。

我看见老祖母变成了一阵风。

多年以后，从他乡匆匆赶回的伯父，请风水先生在那片地上看了一方好穴，说那个地方金沙铺地、玉带缠腰。伯父便执意把老祖母的坟从西洼地里迁迎回来。时间凝固着，风不知躲向了哪里，一锹一锹，将潮湿的泥土翻上来，露出老祖母业已腐朽的棺椁。年过七旬的伯父，哽咽着，老泪纵横，用手将棺木上的土，一点点拂去。他忍着悲伤，将老祖母的棺木打开——老祖母在笑，蓝布大襟上一朵火焰般的花朵，鲜艳而生动。老祖母的脸，红润着，原本核桃皮一样的脸色，看不出一丝皱纹。花白的头发，不知什么时候变得青丝如瀑。阳光，流苏般洒落，瞬间温软了老祖母僵硬的肢体。

七憨爷说，真真的，一个死去多年的人，就像活过来一样。

老祖母还是化成了一缕风。在开启棺木的刹那，一切都不复存在。伯父痴坐在地，向天哭诉：早知如此，何必找什么狗屁风水先生。

老祖母不会后悔，她如愿以偿地被安放在属于她的那片地里，春来了秋黄，夏走了雪落。老祖母的那片地，始终生长一茬又一茬的庄稼，和一季又一季旺盛的野草。

守住自己的那片地，人就不会寂寞。自己种下的种子，就能打下自己的收成。老祖母的那缕风，累了就在田埂上歇歇；闲了，就在草尖上刮刮。从村庄到田野，只不过一眼望去的距离，我们在你慈祥的目光里，在你的时间荒原里，还会来来去去。

三　老祖母的时间荒原

老祖母老了。老祖母的时间，荒芜成一片苍茫的冬日原野。

那些鲜活的记忆，那些活生生的村庄里的事物，如今，一一逃逸，再也不听从老祖母无声的召唤。我走过老祖母的身后，想拂去粘连在她身上的枯草残茎和落满双肩的尘埃。老祖母依旧木然着眼神，忘记了我曾经是她一脉相承传继下来的孩子。

谁没有过快乐的童年时光呢？仿佛生命的开始，每个人都拥有天使般的清澈与单纯。你赤脚走过的那条小河，冬去春来，野草爬满了老河滩。你的眼神，比河水还要明亮，轻轻掬起，时间的水花悄然从指缝间流走。老祖母，你不会想起很多年以后，你成了别人的老祖母，我们一一窃取了你的活力与青春。像一座建在村庄里年深日久的房子，昨天抽一块砖，今天掀一片瓦。曾经，我们多么温馨地住在同一个屋檐下，听飞过村庄的鸟语，看门前刺槐树的花开了一季又一季。我们太不甘于贫穷，不甘于黑黑白白的寂寞，到后来，剥皮抽筋般，摧毁很多缓慢时光里的事物，却依然还干着一些自以为是的事情。

老祖母老了，老了的老祖母，在她的时间荒原，噤了声。春来时，燕子飞过老祖母的眼帘，再也唤不起一丝涟漪。秋天时，落叶翻飞，老祖母踟蹰在飒飒秋风里，无怅然，也无欢喜。

村子里的房子，一天天空了下去。牛叫声逃逸，农具逃逸，一些缓慢憨厚的事物，一一逃逸。它们去了哪里？或许是从前吧——老祖母，从你木然的眼神里，我能读懂。正向行驶的时间轨迹之外，还有另一条通向从前的时间之路。原本，一个人生下来就开始向前行走；到后来，就完全变了样子。有一种叫回忆的东西，会牵着我们的手，像儿时，老祖母牵着我们，一一辨认：这是月亮，那是星星；这是草，那是庄稼。

我们站在时间回溯的路口，呼啸的风，撩起往日的尘沙，冷硬地灌满思绪。对了，老祖母，你开始日渐苍老的眼神，是不是就要走过冬天，在无尽的时间荒原上醒来，走向繁花似锦的彼岸？

村庄隐忍着，在每一个黎明到来之前，缄口不语。太阳的光芒又能怎样？现实的轰鸣又能怎样？倾轧而过的流水作业，又能怎样？我们在压抑的空间里，已经走了很久。我们在飞扬的尘沙中，已看不清自己来时的面容。我们奢望着，和星空大地一起，享受耕耘播种的快乐。哪怕是泪水，也不曾将我们执着的热望淹没。

老祖母，你不要哭泣。你是不是看见了自己年轻时的样子？粗大的麻花辫，灵动的腰肢，走过村庄时，能惊起一股小小的旋风。那些粗憨的庄稼汉子，不以为耻地向你表白着心中最真实、裸露的想法。有时候，文明不过是刻意给人穿上一件铁裤衩，表面的斯文，并不能掩饰心中龌龊的想法。一曲花儿，一曲信天游，从民间深处，火辣辣地飘进现实的耳朵。

清白的月光之下，小河里的水从来没有这样温柔、体贴、惬意地滑过老祖母光滑的肌肤。知更鸟在夜色中沉浸，虫鸣交织，给老河滩芦苇荡蒙上一层迷幻的色彩。

老祖母，天地一派澄明中，你是村庄里最干净、整洁的新娘。撩拨的唢呐，响了三天三夜，宣告一个人处子时代的结束，扑面而来的是烟火日月。

寂寞的村庄只因有了老祖母，日子才像模像样。

有一段时间，我恋上了老旧的光阴。老祖母就站在一旁，笑吟吟地看着，看我翻箱倒柜，找一些老东西。一把长命锁，是老祖母的外婆留下的唯一一件饰物。上面的老鼠憨态可掬，不知出于哪位工匠之手。时间的水流，并未磨灭其往昔的光芒，一件小小的器物，不知温暖过多少灵魂。老椅，浸透时光的暗红，光滑的扶手，被打磨成了一弯月牙。如今，老祖母宽袍大袖地坐在里面，依然有些传统的样式。尽管，我们有时不太喜欢，嫌拘束。可是老祖母的怀抱，谁又不曾依恋过呢？包括那些老掉牙的催眠曲，包括老祖母倦怠着眼神，拂一拂手，让我们到野地里尽情玩耍。

留下孤单的老祖母，忘记那些缓慢的日子？

或者，摒弃一切清贫、简陋与乡村古朴的光阴，让我们都住进十层、百层的云霄，无限飘浮在漫漫的时光旅程中？

终有一天，老祖母会寿终正寝。终有一天，老祖母不会在村庄里醒来。终有一天，我们像一群失忆症患者，再也找不到村庄与原野，在笙歌之后的一派死寂中，品味失去故乡、故土的滋味。

体态臃肿的老祖母，迟缓的手势再也不能驱赶一群落在田间的鸟雀。祖父扎起的稻草人还在，还在孤单守望什么。村庄里的老屋还在，横断的窗棂，像缺失了牙齿干瘪的嘴唇，任凭一阵风打着呼哨，在时间的荒原上来回穿梭。

我们的脚步走走停停。我们只有在冷寂的刹那，才会偶尔返回曾经的时间轨迹。我们多像一群群充满欲望的候鸟啊，南去北飞，寻觅一个永远没有谜底的答案。此心安处是吾乡——我们只能用一种无奈的私语告诉自己，自己曾经也是一个有家的孩子。

　　年迈苍苍的老祖母，向地平线走去。老祖母的时间荒原上，单薄的炊烟又起。村庄在远处，村庄在近处，村庄在老祖母的心里。

　　我只记得，除了一条朝向正前方的时间之路，还有另一条道路，蜿蜒在心底。安静，真实，良善，单纯，像一株植物的灵魂。春去秋来，花开花谢，籽实结满时间的枝丫。

时间的证人

一　牧羊人的下午茶

那些羊儿在青草地上躺卧，躺卧着的羊儿像天上的白云那般慵懒。小河里的水，一开始无声无息，到了拐弯的地方就拥挤、喧哗起来，天上"羊群"的影子就散了，地上的羊群有的支棱起耳朵，聆听流水清澈的喧哗。牧羊人躺在斜坡上，嘴里衔着一根草茎，手中拈着一根草茎，鞋底被青草的汁液染成青绿，浸到千层布万根线的棉布里。仿佛，牧羊人的一辈子都在与青草为伍、与羊群作伴，即使天上的云飘过了千年，小河里的水流了千年，也未能改变牧羊人脚下的路径。

小时候，牧羊人并不觉得牧羊有什么好。早早醒来，羊栅里的羊就像一群早就睡醒的赶路人，有的用犄角顶开羊栅窄窄的木门，有的在后面咩咩叫着起哄，有的更是能耐，从一群羊身上踩踏而过，俨然一个修炼过绝顶武功的高人。牧羊人说不上讨厌也说不上喜欢，他能从一只卷毛羔羊的眼神中看见一汪清澈的泉眼，能从一头母羊的眼神里读出万般慈爱。

草是千年的青草，河滩是千年的河滩，牧羊人不知道每一株草的名字，但清楚地知道羊最喜欢哪一种青草。有的草长得枝肥叶嫩，其实充盈的汁水极为苦涩，羊吃过一次就不再理睬。有的草长得纤细柔弱，从泥土的夹缝里探头而出，羊等着，等到这些柔嫩的叶片长大长高，这才舍得下嘴。

其实，作为一群羊也有羊族的秩序。那头用威风凛凛的犄角撞开羊栅栏的羊，是羊里头的王者——头羊。头羊相当于一个外表威严、内心宽宏的领袖，每每走在羊群前面，觊觎羊群的野狗不敢惹，别的羊群里的头羊也不敢轻易挑衅。羊群走到半路时，一只跛脚的母羊被远远地甩在后面，哀哀而鸣；头羊转回身，用眼神警示这个看似漫散的队伍。于是羊群就慢了下来，等着，等跛脚的母羊归队，这才向河滩上走去。

其实，每一个牧羊人那时都是小孩。不能拉犁，也不能拉耙，只能勉强和一群羊待在一起，和羊分享孤单的童年时光。所谓的孤单并不是真的孤独，当一个人渐渐熟悉了羊的禀性以后，就会找到牧羊的很多乐趣。少年在河边打起围堰捉鱼。看着那些青黑的鱼偷渡般游进围堰，少年才猫手猫脚绕过侧翼。少年捉鱼自有少年的痴傻，瓮中捉鳖，围堰捕鱼，鱼把水呛了个底朝天。羊的眼皮向上翻着，有些鄙夷，不过小小的牧羊人并不在乎。呛了水的鱼儿找不到东西南北，憋闷气短，一个个泛起鱼肚白，不得不被牧羊人用柳枝穿成一串，放在火上烤，或包在泥土里烧，蘸一点从家里偷出来的一小撮盐巴，吃得津津有味。还有，羊儿吃饱的时候，芦苇荡里的野鸭还未归来，这个小小的恶棍——牧羊人躺在草坡上经常会笑出声来，只是短暂的笑声过后，他想不起那晚丢失了孩子的野鸭是怎样难以入眠。河滩那么大，芦苇丛那么密，一只寻子的野鸭，只能咯了血般将凄厉的啼鸣洒遍每一片夜色：谁看见了我的孩子，哪一个恶棍偷走了我的儿女？

和别的人不一样，牧羊人生长在一片老河滩上，生长在一弯清亮亮的小河湾里，生长在秋枯春荣的青草地上。别人呢？别人一开始在村庄里哭泣、玩耍、劳作，长大了有可能离开家园。他们去了哪里，牧羊人一无所知，只是很少的时间，牧羊人和他们在村庄里相遇。他们衣冠楚楚，他们谈吐自若，他们指尖轻弹，掸落手上的烟灰，像一个个衣锦还乡的富人。与他们相比，木讷的牧羊人是那样格格不入，身上的羊膻味在空气中一层层散开，脚上的千层底仿佛被青草磨穿，只剩下薄薄的一张纸片。牧羊人面对一些新鲜事物的时候，眼神是混沌的。他在回避，他在退让，他在寒暄之后会猛然飞奔离开，长喘一口气，站在羊群里，站在葳蕤的青草地上。

也只有这个时候，牧羊人才会觉得自己才是自己，也只有在这片广阔的天地间，牧羊人才会觉得一切宛若浮云。云是白的，飘了千年的云也不曾受到污染。云是自由的，走过千山万水，一片云也不曾被谁裁下一尺半寸。云是高远的，你只能永远仰望一片白云的行踪，而云始终俯瞰着家园、城市、乡村、河流与土地。

说不清楚，牧羊人的成长到底与什么有关。是南去北归的燕子唤醒了春天，还是野草的坚守才等来春暖花开？是一条河流的启迪，让时间循了流水的道路，飘然无声，迎来夏雨秋霜冬雪，还是牧羊人手中的那根牧羊鞭，轻轻一挥就赶走了时间的白马？刺槐树上的那个老鸹窝，从牧羊人小的时候一直到现在，还黑黢黢地站在枝头，像一只黑色的眼睛，眺望着乡村，眺望着从远方旖旎而来的河流。

想累了不想也罢。牧羊人最惬意的时光还是日头偏西，时间的指针指向午后时。这时候，疲倦的蝉鸣渐渐稀声，田野上的虫声也大多倦了，伏在草叶下打盹儿。一只忙了一天的蚂蚁，站上草尖，望着渐染红晕的夕阳发呆。

牧羊人无可眷恋。在大地上行走的一生，该见的都见了，该听的都听了，该想的都躺在草坡上想了个前前后后。羊是听话的孩子，头羊用犄角挑起青草向母羊示爱，于是头羊有了众多的"嫔妃"，卷毛的羔羊始终要长大，在嗅过了一百种青草之后，最终选择了适口的种属科目。母羊娴静如处子，眼波流转低回，是诉不尽的情谊与相思。还有什么能抵得过如此丰富的内心世界呢？还有什么样的生活能如此一清二白、条分缕析呢？

牧羊人眷恋的太多。其实牧羊人太不善于表达，那清澈的河水，洗涤衣衫，也能涤荡一个人的灵魂，躺在河边的洗衣石渐渐被时间之水磨去了棱角，却还依旧眼中带泪地和一条河相亲相拥。一座小桥，渡的是来的人往的人，而小桥何曾渡得了自己？也许吧，没有脚步的行走会走得更远，用遐思，用梦，用执着，用坚守。时间流去了还会有时间匆匆流来，河水流远了还会在千年以后继续潺潺流动。打开时间的门扇，除了天空、大地、白云不朽，大多的物事俱已被时间的潮水抹平。

时间久了，牧羊人早已分辨不清春夏秋冬，他有时站在一片白云上，看层层漫卷的流云都是自己放牧的羊群。他不需要记得哪一只刚刚出生，哪一只即将死亡。对一只羊来说，出生就是与泥土和青草结下缔约，相约生生死死；而死亡即永生，飘忽的灵魂向白云飞升，就能接近轮回的真谛。

牧羊人有时出现在一株野草的花朵里，慵懒的午后，一滴露水就是牧羊人的下午茶。他不需要啜饮，他只需轻轻凝视，那颗透明的露珠就会心灵感应般维系起牧羊人的心房。

那根牧羊的鞭子，后来长成了一棵树。很多牧羊人在下午茶的时光里，往往会沉默良久，念道：“不如归去！”

二　乡村守夜人

小河里的蛙鸣闪着光芒，每一个有蛙鸣的地方都有一颗星子倒映在水中。起先，是一只，明亮的叫声有些单薄，死死地锁定了那片暮色。向西方极目望去，最后一抹绯红，好像刚从一位乡村少女的脸上褪去。夜就妖娆了，媚惑着眼神，指尖抚向黑暗里的树，拂向夜的拐角——关爷守夜的小木屋。蛙鸣在继续，快乐的多重唱此起彼伏，交织成一条声音的彩色丝带、声音的黑色丝绸。声音的帷幕，通天达地垂挂下来，给蝙蝠黑色的“紧身衣”又涂上一层妖魅的墨色，宛若上下翩飞的精灵。

　　这醉人的麦香，关爷禁不住嗅了嗅。夜间的水汽、夜半的微露刚刚开始酝酿，从远处，从低洼的地方，从小河滩上，一层层，一波波，在星光下蠕动，漂浮。关爷的眼神历来很好，尤其在夕阳下沉之后，关爷的眼睛就像点起的一盏马灯，闪烁着犀利的光。你猜不透他一天到底在想什么，关爷从村子里走出来的时候，往往携带一根木棒。再早的时候，是猎枪。

　　那时关爷还年轻，帮队里守夜，无边的麦子熟了，田野四周顿时亮起无数双眼睛。他们在急促、微弱地喘息，前胸贴着后背，肚子里没有一点粮食和油水。大人还好，孩子饿了，哭一阵喊一阵，力气渐渐从体内抽丝剥茧般抽离，仿佛死去。人在饥饿的时候，拼一拼，往往不会去衡量所谓的面子与生死，在饥饿面前，生命通常变得不堪一击，如此卑微与渺小。揣一个小口袋，趁着夜色扑落大地，趁着月黑风高，趁着守夜人刚刚打了一个哈欠，撸几把活命的粮食。喊是无济于事的，他们的身手如此敏捷，在麦田里穿梭跳跃。关爷知道，但关爷不想坏了规矩，嗵的一声，猎枪响了，一串通红的火光映红了乡亲们熟悉的脸庞。都是不远的人，张村，李村，王家庄。关爷听见有人哎哟着顿下了身形，撸麦子的人早已作鸟兽散。后来，关奶嫁给了关爷，一颗子弹贴着关奶的面颊滑了过去，一条鲜红如蚯蚓的疤痕，从此留在关奶脸上。原来，她的男人死了，她不肯眼睁睁看着唯一的儿子也活活饿死，于是壮着熊心豹子胆，去田里偷麦。关爷常常抚摸关奶脸上那条鳗鱼一样的疤痕，说："多好的一张脸蛋，毁了毁了，全毁在我的手里。"关奶看着这个肤色黑红的汉子，默然。是他，延续了她的活路，给了她柴米油盐的生活。

　　关爷把猎枪撅了，挂在村子里老屋的土墙上。关爷拎着一根木棒，不过是做做样子，吓唬麦田里的野狗。

　　小木屋，一盏远年的马灯挂在屋檐下，在夜风中摇曳，散发着橘红色的微光。

　　夜色永远是一个谜，或者是一个永远走不到尽头的迷宫。人一出生，就开始在祖母和母亲的单纯话语权里生存，月亮就是月宫，冷寒，但有一个面貌姣好的女子嫦娥。有一棵树，桂花树，桂花树下有一个石臼。石臼旁边永远有一只小白兔，日夜不停地舂米。我则习惯把小白兔想象成一个人，和嫦娥一样姣好的女子，只不过因为劳作，她比嫦娥更显得充满活力和烟火气息。天是一顶漫无边际的大锅盖，地是一口熬煮日月的大铁锅，人生下来就是被熬煮的，把筋骨熬炼得铁一样坚硬，把血肉凝成泥土的一部分，和野草一样枯萎，和庄稼一样从青嫩走向成熟。星星是永恒的航灯，在这个迷宫一样的夜里，唯有星辰是观望的智者，看着你追逐奔跑，看着你把财富滚雪球般越滚越大，心力却越来越交瘁，看着你老，看着你最后一次走向宽阔无垠的大地和无边的暗夜，在寂寞中垂垂老去。至于有没有走出夜的迷宫，只有自己知道。

　　关爷的小木屋建在田野最高的地方，这样，一盏老迈的马灯就能照亮每一个路口。夜色中，有归家人沧桑的喘息，跟跄的步伐踩得关爷的心口发疼，到底为了什么让人们远赴异地他乡，等花白了胡子和鬓发，眉眼结满了秋霜，还要固执地风尘仆仆地归来？落叶归根啊，一杯酽茶让归乡者的心里渐生暖意，觉得故乡的夜才是真正的夜、沉静的夜，是一抬眼、一伸手就能触摸到夜的质感的夜。握在手心，糯糯的、软软的；舔在舌尖，苦苦的、涩涩的、甜甜的。夜色中的归鸟，翅膀像一阵风，栖在刺槐树的枝丫上，这样的夜里，关爷往往无寐。他怕一只鸟不熟悉他乡的枝丫，在梦里跌落在地。那条老迈的狗，也显得极有耐心，多年的田园生活，已经让一条狗有了自己的看法，饿了，粮食饼子一样可以充饥，没有必要撵着一只可怜的野兔和几只孱弱的鹌鹑在麦田里疯跑。

　　多年以来，关爷的脚谙熟了田野上的每条阡陌、每个路口、每棵树、每一块麦田。关爷知道自己就是为田野而生的，他的脚板只有踏在泥土上，才觉得惬意；他的粗糙的手掌只有在抚摸一株麦子时，才细腻温情；他的眼神，越老越能洞穿缭绕的夜雾，抵达田野的每个角落。

田野是众生的家园。哪只兔子老了，眼神哀哀，一步一回头向远方走去，关爷知道，一只兔子的宿命就是奔向泥土，奔向无声无息的死亡。哪只野兔怀胎分娩，关爷会拨开浓浓的雾，趁野兔还未到家之前，送上一把青青的麦苗。野雉好看的羽翎在黎明时展开飞翔，它们并不走远，从这一片草窠到那一堆草垛，筑窝，下蛋，孵化儿女，青青的麦田才显得充满生机。那些灰的、青的蚱蜢，关爷像孩子一样把它们捉进笼子，看它们静静吃草，有一种情愫在心底暗生。也许关爷并不知道，那就是流溢的诗情，涌动的诗情无处释放，他只能站在木屋的屋顶上，像荒野中的一匹狼，对着星空嚎叫。

这个时候我想起一个老人，像土地那样沧桑的脸上，沟壑纵横，胡须像一面在田野上飘舞的旗帜——托尔斯泰，他一生著述无数，诗情流光溢彩。一个有显赫身世的伯爵，身影总是频繁出现在农庄、田野与收获的大地上。他的灵魂日渐朝大地匍匐，他的身影日渐长成田野上枝繁叶茂的一棵树，他的影响，逐渐波及契诃夫、屠格涅夫这些伟大的人物，他们的名气也不足以掩盖这位老人的钻石之光。青草，田野，跳跃的火焰，澎湃的思想之源，一直在庇护着我们孤单的灵魂。

呵，我竟是有些臆想了，我们的关爷不过是作为一个单纯的守夜人，出现在麦浪起伏的田野。他只会暗暗记下时令游走的路径，指尖在磨亮的镰刀的刀锋上，轻轻一弹，麦子熟了。

守望麦田的人是幸福的人，是大地质朴的孩子。

记得最后一次走过田野上那座简陋的木屋时，我的内心一派澄澈与顿悟。守望，远远比攫获更加优雅与从容，思想的欲念不是太多而是太少，执着如夜色中一枝朝向天空的枝丫，知道远方的所在，却只用血脉去探知泥土深层的哲思，夜色中，谁还在坚守？仔细聆听远处的蛙鸣与蝉声，是不是有一缕季节的风拂过田野？金黄的麦浪起伏，我所轻叩的，不过是一扇存在已久的时间之门。关爷，才是夜色中的执着守门人。

三　拾粪老汉

下霜了。下霜的日子有些清冷，拾粪老汉把火车头帽子的两只耳朵放下来，这样就能抵御小刀子一样割过耳朵的寒风了。他盼着，盼着日子一天比一天冷下来，只有天更冷了，才没有人像他一样顶着寒风走向荒野。日子显得很是漫长，他不知道，肩上的粪箕子背了多少年，也不知道走了多少路，更不知道到底拾了多少猪粪、羊粪、马粪、驴粪蛋儿。他说那是香的。看见远处的粪就像看见一朵花、一株正在茁壮生长的庄稼，他眯缝着眼，笑意盈盈地直奔而去。

宁静的村庄，村子里的人畜皆在酣睡，树上的叶子落尽了，高高的杨树枝丫像一位贞静的修女，修什么，她不知道，只知道凡是村子里的桩桩件件事，看见就实实地让人欢喜。村东的池塘结冰了，落败的残荷断茎折伏在起了薄冰的水面上。几只在池塘里过夜的鹅和鸭，用体温孵开一汪小小的水面，头还折在温暖的翅膀下沉睡。夏日里的荷花那么美、那么娇贵，谁知道这里面藏了多少鹅粪鸭粪，带来多少好处哪。下大雨，老天爷把雨水从天上倒下来一瓢，就能挥洒成雨，院子里，羊栅栏里，猪圈里，马厩里，鸡埘里，不断有含粪水的小溪流汇聚在一起，一起流向村东的池塘。所以，池塘里鱼肥藕鲜也就不足为奇了。庄稼一枝花，全靠粪当家，谁说不是呢。荷花娇艳的时候，那是在向村子里的畜禽点头致意哩。

村西有盘磨，一盘老磨研读了很多年，研究的都是有关五谷杂粮的历史和文化。一粒粮食从泥土里的种子开始，要经过多少天才能结满饱盈盈的籽实。这个生在乡间的老汉知道，他一掐手指就送走一个节气，迎来一个节气。种瓜种豆，植棉收麦，全靠节气掌握。谷雨前后，该种的就要种了，该收的一定要收，人误地一晌，地误人一年，哪怕谁家请满月吃上好的席面，也得赶紧把地里的庄稼种完。粪是庄稼的奶水，老汉为了这个不错的譬喻，品咂了好久，觉得很是精辟，却又无人可相告，只好掮一掮肩膀上的粪箕子，向着村外空旷处吼一嗓子。

拾粪老汉当然认识很多路，猪有猪路，牛有牛路，马有马路，小黑驴一炮蹶子嗒嗒嗒地驮着主人去县城，撒了一路的驴粪蛋儿，拾起来好不辛苦。猪是农家最喜庆的家畜，别看这个家伙黑头黑脑、面目愚钝，长得不怎么好看，但是很能造粪。猪圈里，填一层麦草压一层土，几头大黑猪在里面哼哧哼哧拱几遍，就成了上好的农家肥。猪要出圈，知道门被主人锁住，于是伸着脖子瞪着眼，一阵乱拱，就拱出一个圆圆的洞口，满村子撒野。老树桩子旁边，一堆茅草窝里，冷不丁就能看见一泡冒着热乎气的猪粪。老汉当然要悉数将其收入囊中。牛要干活，拉犁拉耙运庄稼，所以牛粪都分散在田野上。老汉在做这件事情的时候，往往觉得自己有些虚心：可不是嘛，谁家的牛拉在谁家田里，于是就有了偷人东西的错觉。不过回头又一想，比如现在是秋天吧，一泡牛粪到来年就风干成了一撮无用之土，劲儿都没了，哪里还能肥庄稼？马蹄嗒嗒，南来的北往的，换大米的，卖陶土盆儿的，路太远，只能借助马力，所以蜿蜒的乡村小路旁，经常能遇见鲜亮的马粪，虽说是外来的粪土，一样也能肥自家的土地。拾粪老汉和换大米的小贩搭着话茬，聊一聊今年的收成，聊一聊你我的家乡话题，一卷纸烟吞云吐雾，两人俨然成了多年未见的知己。马蹄声起，老汉将马粪捡进粪箕子，看远行人的身影，心中竟然渐生暖意。

旷野无人，无人的旷野路旁的蒿子秆上挂满晨霜，仿佛平原上少见的雾凇。寂寞的野草，谙熟了生命之道，岁岁枯荣，老汉由衷地佩服它们，无人浇灌，无人施肥，也无人收种，一旦春来就爬满河滩沟渠。它们像一群大地上的野孩子，疯长一头乱蓬蓬的头发，像落拓不羁的民间艺术家——老汉可不是没见过，那些年外乡的人一拨一拨地来到村子里，说是体验生活。他们和庄稼人一样出工干活，回来后就在大队部的院子里跳舞唱歌。有一个年轻的后生会画画，夕阳西沉时，他手执画板，一个人坐在老河滩上。苍鹰在天上飞，鱼儿在水中游，树们疯了一样在风中狂舞，把黄昏落日的颜色涂抹得到处都是。"野人哩。"老汉自言自语时被画画的后生听见，后生站起来，长长的头发在晚风里飞，简直和田野上的草木一般模样。

"乡下不好，又穷又累，也吃不上、看不见好东西。"

"不对啊大叔，我觉得乡下才是最好、最像人住的地方。你看米勒，你看梵高，你看国外那些有名的画画的老头儿，哪一个不和乡村、泥土有千丝万缕的关系。村庄才是我们的家，泥土里才有真实的生命，大叔粪箕子里的才是喂养人类的最好营养，哈哈——"

那后生说到最后，竟然促狭地说出这番话来。老汉那时还不算老汉，顶多算是和后生差不多的年轻人。年轻真好，只可惜一去不返了。老汉抚着长长的胡子，走近田野上最高大的一棵树。这棵树，打从他记事时起就一直长在这片田野上，飞来飞去的鸟儿在上面搭窝筑巢；赶路的兔子和黄鼠狼在树洞里歇脚；真正到了夏天，田野上一派葱茏，大树所在的地方就成了众生的天堂，它们窃窃私语、打斗嬉戏，或齐心协力在最高的树杈上构筑家园。老汉这时一般会放下肩上的粪箕子，蹲在近旁的草垛旁，聆听这来自万物协奏的田园曲。

时间久了，时间久了人会把某件事情和自己的生命融合在一起。诗人爱上家园的苦难与宁静，画者爱上多情的山山水水，歌者和云雀一样，将美妙的嗓音与天籁融合在一起，舞者用尽所有的虔诚心力，只为在音乐戛然而止的瞬间，定格最后一个曼妙的姿势。那么拾粪老汉把粪箕子捎在肩上，就好像肩挑了田土的使命和责任，肩负起家园的希望和重托。

他不能小觑这点滴的收藏，把万千生灵的秽物收集在一起，堆在低矮的院落前发酵。他喜欢严寒的日子，天地间雪花飘舞，随便掀开粪堆的一角，都会冒出蒸腾的热气。他喜欢那样的味道，谷子的味道，麦子的味道，玉米的味道，大米的味道，大白馒头的味道，纠缠氤氲在一起。

作为一个勤俭的庄稼汉子，拥有一堆粪土远比拥有一座金山要更珍贵。金山再大，也有挥霍一空的时候，而粪土只需勤劳便可有增无减。一寸寸乡野路，一个个清晨与傍晚，一月月，一年年，积攒，将粪土撒向无边的旷野，撒向农耕社会宽广的土地，地就肥了，谷物就饱盈了，日子就红火了，人的心里也便亮堂了。

只是时间的列车在疯狂奔跑，院子里的鸡鸭牛羊渐渐稀少，更不用说那些曾经在大地上奔跑的牲畜了。马一闪身，挤进豪奢的赛道，牛一低头，变成了屠宰场里无辜的断头者。或许，在遥远的边地，还能听见小毛驴脖子上摇响的铃铛，只是聪明的人们在奴役完动物之后，会不会只有在进补的时候，才会想起那些简洁的黑白时光？

拾粪老汉管不着。

四　看墓人

秋草黄了，田野上日渐呈现出一派萧索与荒芜。狗尾草倔强地把尾巴翘向天上，努力怀念秋天的气息。散布在田野上的野孩子，调皮地打着灯笼在荒野上乱跑，这儿点燃一束，那儿点燃一串，秋日的火焰开始以荒芜的方式燃烧。解释秋天，谁能诠释出秋天的含义呢？遍野鸣唱的草虫，此时收起弓弦与箫管，躲进大地深处，或拥紧一株衰草，或进入一个漫长的清梦。几根玉米秆子，是谁故意插在秋天的旗杆，枯叶为旗，在风中猎猎作响。秋霜的到来毫不迟疑，在进入霜降之前，就打磨好凛寒的刀锋，以迅雷不及掩耳之势，占领了这片荒野——不，这里曾经是我们熟悉的田野，生长着大豆、玉米、小麦、棉花等各种粮食和经济作物。它们也有疲倦的时候，当秋日粉墨登场，以肃杀的面目凝视旷野，只有风这个天地间不羁的流浪者，从遥远的山口风尘仆仆，一路呼啸而来，混入茫茫的白昼，混入沉沉的暗夜，趁夜的大鸟把翅膀收起的瞬间，躲进一片茅草丛中粗重地喘息。

这是一片错落分布在田野上的坟墓。有的很高大，培着崭新的泥土，草籽落上去，暂时还未扎下根，它需要和时间商讨、抗衡，需要和墓中人简单地对话，自此，以胜者的姿态，站在平原最高的地方，以炫耀野草的生命从来战无不胜。低矮的坟头，不知过去了多少年，远走他乡的后人从未来添过一锹土，矮下去，矮下去，站在黄昏的夕阳下，向一片枯萎的茅草丛里一点点矮了下去。这时，李伯往往在夕阳斑驳的光影下一圈一圈地查看，想起坟头的主人曾经和自己有过哪些对话，一生中有多少交集，然后在渐冷的秋风里深深地叹息："老三啊，你走得确实有点早了啊，我还记得你欠我一顿酒，说好了不醉不归，你这个赖皮。"说完，将手中酒瓶子里的残酒浇在坟头前。酒香飘荡，酒水洇进脚下的土地。他仿佛听见茅草丛中一声憨厚的应答："老李啊，难为你个老棺材瓢子了，难为你这么多年守着我们这些孤零零的坟头，守着这一把把将要化土的白骨。"

李伯是村里的看墓人。南岗子上坐落着一座孤零零的茅草屋，屋前一棵刺槐树，屋后两棵粗大的水曲柳。李伯惯常戴着一顶翻毛的狗皮帽子，肤色黧黑，像燃烧过后的焦炭，个子中等，常穿一件洗得发白的中山装，趿拉着一双破胶鞋，在坟冢和村庄之间游走。昨夜李伯做了一个梦。在进入村庄之后，李伯总是要找到村子里年纪最大的人详细描述他梦的过程。李伯呷一口酒，酒在喉咙里打了一个回旋，说："茂三上那边去报到了，门开着。你们知道，这里到那边的门始终开着，没有人打理路边的花花草草，也没有人整日跑断肝肠、忙忙碌碌。人升天了嘛，其实也没到天上，反正不远，走着走着天光忽暗，大概就到了酆都城门口，那城门着实高大，城头的女墙上插着两杆杏黄旗，写的啥，我也看不懂，茂三这个胆小鬼，走到城门口腿肚子打战，说不想进去，可是来了的人还能让你再回去嘛。守门的兵丁倒也和和气气，知道那边又添了新丁，向里面喊一嗓子'来新人了'，一个传一个，一会儿一个城里的人都知道了茂三来了的消息。茂三还紧抓我的手，问会不会下油锅、拉大锯。我说你放心，那边法律森严，不会放过一个坏人，也不会冤枉一个好人。我们都是好人哪，我们只不过是种种田、过过小日子的平头百姓，来了只是换个活法，锦衣玉食不说，起码从此也能体体面面。茂三这才放心地松开手。守门的人一眼没看见，我就顺着城墙根拐了回来。你瞅瞅，脚底板子上都是那边带来的泥土。"

唢呐声响起来了，唢呐声一响天上开始飘雪。李伯是村里最后的带棺人，他对着西南方向，脚一跺，嗓子一亮："前后上肩喽，两旁通判开道！"十六人抬的桑榆（早时抬棺材的木架）就落在肩上。唢呐一声一声地吹，人的气流通过一把小小的唢呐就变成了一缕自由之音，在天空飘舞，去最远的地方看，在最高的地方回旋，绕着树，裹着雪花就是不肯坠落。哭丧棒在后人的手里成了一根暂时指引前行的拐杖。李伯特意在茅草屋后面植了两棵水曲柳，谁到那边报到的时候他就随手砍下来几根，用黄裱纸缠上，表情肃穆地交给死者的孝子贤孙。这家后人的第一个大礼便是对着李伯长长的一跪，就像彼此许下无言的承诺。从此，死去的灵魂将由李伯这个守墓人日夜陪伴，寒了冷了，缺吃少穿，李伯作为联系这边与那边的中间人，在村庄与坟茔之间来回奔波，安慰地下的魂灵，让他们不得再去家中纠缠；叮嘱活着的人们心怀良善与悲悯，不要断了延续的香火。

雪花在飘，从很远很高的地方就听见了村子里传来的哀号。雪不是止痛的良药，只能以自己的方式让万物穿上缟素，一门心思听取唢呐传来的声声安魂曲。回旋处，是死者生前坎坷、劳碌、奔波的一生，无论怎样峰回路转，还是依了泥土大地的召唤，长眠不醒，得也罢失也罢，总归算是活了一个圆满，看着涕泪交加的后人，微笑着衣袂飘飘而去。凌厉处，宛若断肠，人世多大的悲痛比得过生死离别呢？曾经的好，曾经的血脉相依，曾经在同一屋檐下共度风雨，如今只能撒手而去，飘飞的纸钱，一路蜿蜒，像一只只蝴蝶折断的翅膀，最终匍匐大地。那么就记下吧，记下曾经鲜活的音容笑貌，在有生之年，一个人站在黄昏下苦思冥想这曾经纠缠交集的漫长一生。当唢呐声轻灵如云雀在天空飞翔，一片片雪花顿时显得更加肃穆，簌簌落在茅草丛，跌落在泥土上，簌簌飘向坟地中央那座孤零零的茅草屋。李伯当然懒得打扫，在寂静的长夜，就着白雪反射出的银白色光芒，雪花一直向着时间的尽头，闪耀。

李伯从来就是一个人独自生活。李伯没有土地，坟冢四周就是李伯的田土。瓜爷坟头旁边种的是豆子，绿豆、黄豆、豌豆、豇豆、红小豆，李伯一有时间就和瓜爷搭讪，说当年和瓜爷逃荒要饭时的细节，那时他们偷了一个大户人家的黄豆，被一只大黄狗追着屁股咬，跑掉了脚上的鞋子。靠近六爷的坟头种着几行韭菜、几棵白菜，李伯说六爷是村子里最豪爽的汉子，愣是在六奶出嫁的前夜爬进六奶家的院墙，六奶这才没变成李庄小地主胡三的第三个小老婆。李伯说："闲着了来喝酒哈，下酒的有韭菜馅的饺子和醋熘白菜，咱老哥俩不醉不休。"

小麦和玉米就不用种了，南岗子的坟圈子本来就空间狭小，李伯不想堵住他们邻里往来的路。李伯还会理发，只是在村里无头可剃的时候，才会挑着剃头担上集，一毛两毛，挣点酒钱。平常每户人家一年用十几二十几斤粮食，算是应付了李伯守墓和剃头的钱。我曾经问起，父亲是这么告诉我的，李伯是一个逃荒的妇人带来的孩子，那年也是下大雪，有人在村口的草垛里看见早已冻僵的李伯的母亲，李伯在厚厚的麦草下盖着，嘴唇冻得乌青发紫。

吃百家饭穿百家衣长大的李伯，至死都没有离开过村子。守着，守着黑黢黢的夜，守着村庄里那些飞扬的灵魂。

那座孤零零的茅草屋，一直在我的记忆里，拨亮灯盏，像漫长旅途中最后的航灯。房前一棵刺槐树，屋后两棵水曲柳，李伯咳了一嗓子，黑夜如绸。